Dani Collins
Votos de venganza

HARLEQUIN™

Editado por Harlequin Ibérica.
Una división de HarperCollins Ibérica, S.A.
Núñez de Balboa, 56
28001 Madrid

I.S.B.N.: 978-84-687-6750-5
Depósito legal: M-31648-2015
Impresión en CPI (Barcelona)
Fecha impresion para Argentina: 30.5.16
Distribuidor exclusivo para España: LOGISTA
Distribuidor para México: CODIPLYRSA
Distribuidores para Argentina: Interior, DGP, S.A. Alvarado 2118.
Cap. Fed./Buenos Aires y Gran Buenos Aires, VACCARO HNOS.

Capítulo 1

HABÍA crecido rodeada de ricos de toda la vida y de cínicos de sangre fría, así que Melodie Parnell no era en realidad tan ingenua como parecía. Intentaba dar una imagen sofisticada alisándose el pelo castaño, que en realidad tenía rizado, maquillándose los ojos azules y utilizando pintalabios rojo, y solía ir vestida de manera clásica y profesional: faldas tubo, conjuntos de jersey y chaqueta y las perlas de su madre.

Al mismo tiempo, solía ofrecer a todo el mundo el beneficio de la duda. Intentaba pensar bien de los demás y ver siempre la parte más positiva de todas las situaciones.

Con aquella actitud solo había conseguido ganarse el desdén de su hermanastro y, en más de una ocasión, el interés de arribistas y cazafortunas que, a través de ella, habían querido acercarse a los hombres de su familia. La bondad había sido, sin duda, la perdición de su madre. No obstante, Melodie solía asegurarse que ella no era tan frágil ni vulnerable. El hecho de haber perdido a su madre recientemente y de estar en esos momentos en un estado de constante melancolía no la hacía más frágil.

Sin embargo, Roman Killian acababa de desestabilizarla con tan solo abrirle la puerta de su mansión.

–Usted debe de ser la indispensable Melodie –la saludó.

Se suponía que Melodie era inmune a los hombres bien vestidos, pero se le secó la boca y le temblaron las rodillas al ver a aquel. No iba vestido de traje, sino con una chaqueta de lino, pantalones negros y una camisa sin cuello con los tres primeros botones desabrochados.

Aunque lo que le impresionó no fue la ropa, sino el hombre.

Tenía el pelo oscuro y ondulado, la piel morena y una estructura ósea bonita. Se preguntó si sería italiano, español o tal vez griego. En todo caso, parecía pertenecer a la aristocracia europea, aunque Melodie sabía que era un estadounidense hecho a sí mismo. Tenía las cejas rectas, circunspectas, y los ojos verdes, con un anillo oscuro alrededor del iris. Estaba recién afeitado y su aspecto era urbano y muy masculino.

La miró a los ojos tan directamente que a Melodie se le cortó la respiración.

–Roman Killian –se presentó, tendiéndole la mano y sacándola de sus pensamientos.

Tenía la voz oscura como el chocolate y como el vino tinto, rica y sensual, pero en su tono había un tono de menosprecio.

–Melodie –consiguió responder.

Clavó la vista en su boca mientras él le apretaba la mano. El labio superior era mucho más delgado que el inferior. Sonrió como sonreían los hombres

cuando estaban ante una mujer a la que no considera-
ban especialmente atractiva, pero con la que estaban obligados a ser educados. Con frialdad y desprecio.

Melodie no se sintió ofendida. Siempre estaba
preparada para que los hombres la rechazasen y se
sorprendía cuando eso no ocurría. Y no porque
fuese fea. Además de las perlas, había heredado de
su madre la figura de modelo y los rasgos delicados,
lo que estaba muy bien para dedicarse a modelar,
pero resultaba demasiado delgada para la vida real.

Así que la indiferencia de Roman no la sorprendió, pero sintió calor en el vientre y le temblaron las
rodillas.

No tenía por qué estar nerviosa. No solía estarlo
nunca.

No obstante, tuvo que hacer un esfuerzo por respirar con normalidad y se dio cuenta de que debía
apartar la mano de la de él, pero, cuando lo intentó,
Roman no se lo permitió.

–Ya nos conocíamos –le dijo él en tono casi acu-
satorio.

–No –le aseguró ella con el pulso acelerado.

Se quedaba siempre con las caras y con los hombres, incluso cuando se trataba de personas mucho
menos importantes que él. Y Roman era demasiado
joven para acordarse de su madre, y no parecía ser
de los que hojeaban revistas de moda. Supuso que
podía haberla visto alguna vez con su padre, pero
prefirió no hablar de él, así que se limitó a decir:

–Estoy segura de que no nos conocemos.

A juzgar por su expresión, Roman no la creyó.

–¿Dónde están Ingrid y Huxley? –le preguntó, mirando hacia donde estaba el taxi en el que había llegado.

–No tardarán en venir.

Él volvió a clavar la vista en su rostro y eso hizo que Melodie volviese a temblar por dentro. Después le soltó la mano muy despacio y le hizo un gesto para que entrase.

–Adelante.

–Gracias –murmuró ella, completamente desconcertada.

Era tan masculino, tan seguro de sí mismo y tan distante. Lo poco que sabía de él era que había empezado con un software y que en esos momentos ofrecía soluciones globales de todo tipo. No lo había investigado, sino que se había fiado de lo que Ingrid le había dicho de él, había tenido miedo a toparse con su hermanastro si indagaba demasiado.

Pero el hecho de que fuese la competencia de Anton había hecho que ella se predispusiese a que le cayese bien. Además, al parecer Roman también tenía un toque de magnanimidad, apoyaba a organizaciones de personas sin hogar o enfermas, entre otras, y donaba ordenadores a bibliotecas. Y había ofrecido su casa del sur de Francia a una de sus empleadas para que celebrase su boda allí. Así que seguro que detrás de aquel aspecto de depredador había un enorme corazón.

–No pensé que un experto en seguridad tendría una casa tan acogedora –admitió Melodie–. Me imaginaba algo mucho más contemporáneo, hecho de cristal y acero inoxidable.

De los altos techos colgaban lámparas de araña y en la entrada había una escalera ancha con las barandillas de acero inoxidable. El suelo amarillo, de mármol, estaba cubierto por una alfombra roja. Al otro lado de la entrada había un enorme salón con un sofá en forma de herradura, color terracota, en el que debían caber unas veinte personas.

¿Recibiría muchos invitados? Melodie no supo por qué, pero tuvo la sensación de que era un hombre que prefería reservar todas aquellas comodidades solo para él.

–El tipo de cosas que la gente suele querer proteger son a menudo atractivas. Joyas. Arte –comentó Roman, encogiéndose de hombros–. La seguridad y las alarmas también permiten diseños agradables.

–¿Ahora mismo nos están grabando? –preguntó Melodie.

–Las cámaras solo se activan cuando salta la alarma.

En ese caso, solo la observaba él. Aunque eso bastaba para ponerla nerviosa.

A la derecha había un comedor que tal vez podrían utilizar los camareros, ya que los cuatrocientos invitados de la boda comerían fuera, en carpas. La propiedad tenía espacio suficiente para la ceremonia, las carpas, un grupo de música y una pista de baile. La casa estaba orientada hacia el Mediterráneo y en el jardín había una piscina cuadrada, más allá de esta, media docena de escalones llevaban a la playa. A la derecha de la piscina había un helicóptero. Sin este, el espacio sería perfecto para la ceremonia y la recepción.

Melodie había crecido rodeada de lujos, pero nada comparado con aquello. Roman Killian era un hombre muy rico. Y ella estaba muy sorprendida.

Clavó la vista en la buganvilla que trepaba por las columnas, también había maceteros con rosas, geranios y otras flores que Melodie no reconoció. Olía a anís, a flores y a miel, y el ambiente era casi mágico.

—Es todo tan bonito —murmuró, intentando no imaginarse de novia, bajando las escaleras vestida de encaje blanco.

Miró a Roman a los ojos y se dio cuenta de que este la estaba mirando como si pudiese leerle el pensamiento. Ella se ruborizó y apartó la vista.

—Ha sido muy generoso por su parte ofrecer la casa —consiguió decir.

—Ingrid es una trabajadora excepcional —respondió él después de un momento, haciendo que Melodie pensase que escondía algo—. ¿Por qué no han venido juntos? ¿No se alojan en el mismo hotel?

—Ellos están recién prometidos —dijo Melodie—. Y yo llevo sintiendo que sobro desde que nos encontramos en el aeropuerto.

Solo hacía cuatro días de aquello.

—¿Gajes del oficio? —dijo él.

Melodie sonrió.

—Más o menos —respondió.

Aquella era solo su segunda boda, y la primera de una pareja de la alta sociedad internacional. Su empresa era tan nueva que todavía no le había quitado la etiqueta, pero Roman no tenía por qué saberlo. Había organizado cenas de Estado con los

ojos cerrados, y aquel era el tipo de trabajo con el
que podía ganarse la vida.

–¿Cuánto tiempo lleva viviendo aquí? –le preguntó con curiosidad.

Él cambió de actitud, fue como si retrocediese y
se encerrase en sí mismo.

–Desde el año pasado. ¿Qué más puedo ense-
ñarle? ¿La cocina?

–Sí, gracias –respondió ella, sorprendida por el
cambio.

Él la llevó hasta la parte trasera de la casa, donde
le presentó a su cocinero, un francés poco amigable
con el que habló de algunos detalles del banquete
mientras Roman los observaba.

Roman notó que le vibraba el teléfono y esperó
que fuese la confirmación de que el resto de sus invitados habían llegado, pero miró la pantalla y se
dio cuenta de que era un aviso de seguridad.

Dado que aquel era su trabajo, no se lo tomó a la
ligera. Además, no estaba solo. Aquella mujer delgada, que había entrado en su casa como un juego
de luces y sombras, lo fascinaba. Estaba convencido
de que no era la primera vez que la veía, pero había
tenido la sensación de que ella no le mentía cuando
le había dicho que era la primera vez que se veían.

Roman tenía un sexto sentido para las mentiras
y nunca se equivocaba.

Así que a pesar de que tenía que haberse acer-
cado al panel que había en la pared para ocuparse
de la alerta, se quedó con aquella organizadora de

bodas y siguió observándola de cerca, en parte, porque le gustaba cómo se le ceñía la camisa a la espalda. Tenía las curvas y los ángulos donde debía tenerlos. Y, además, le gustaba escuchar su voz. No tenía el acento estadounidense fuerte, del sur, sino un acento dulce y meloso. Encantador.

Su actitud lo confundía. Estaba acostumbrado a que las mujeres demostrasen abiertamente que se sentían atraídas por él. No era tan arrogante como para pensar que gustaba a todas, pero hacía ejercicio, llevaba ropa hecha a medida y era rico, cualidades que solían atraer al sexo contrario. Aquella mujer parecía nerviosa, lo miraba de reojo, se tocaba el pelo, era evidente que se sentía atraída por él, pero intentaba ocultarlo.

No llevaba alianza, pero tal vez estuviese saliendo con alguien. Si no, su timidez sugería que prefería las relaciones lentas, complicadas, que no se acostaba con ningún hombre solo por diversión. Una pena, porque aquella era una cualidad que él solía apreciar en las mujeres.

Roman estaba acostumbrado a mantener sus emociones a raya, pero no pudo evitar sentirse decepcionado. Se sentía atraído por ella, pero aquello no iba a ir a ninguna parte. Qué pena.

Melodie lo había visto mirarse el reloj y sonrió con timidez.

–Tal vez no tenía que haber dejado que la feliz pareja se quedase sola. Llegan tarde, ¿verdad?

–No es propio de Ingrid –admitió él.

Si no, no habría sido su asistente personal. Roman no era un tirano, pero no toleraba los descuidos.

Al mismo tiempo, no le importaba tener a Melodie para él solo un rato más.

–Tal vez podría enseñarme dónde va a vestirse la novia –sugirió ella, sacando el teléfono–. Estaría bien que pudiese hacer alguna fotografía. Los preparativos de la novia y su llegada hasta el lugar donde la espera el novio siempre son una parte importante del día.

–¿De verdad? –preguntó él con desdén.

Roman había vivido precariamente durante tanto tiempo que pensaba que las ceremonias extravagantes no tenían ningún sentido. Desde que tenía dinero, pagaba siempre para conseguir lo mejor, pero opinaba que se le daba demasiada importancia a las bodas. Apreciaba a Ingrid como empleada, pero lo cierto era que le había ofrecido su casa por razones comerciales.

–Supongo que no es usted un romántico –dijo Melodie–. ¿O se arrepiente de haber permitido que invadan su espacio personal?

«Ambas cosas», admitió él en silencio, dándose cuenta de que aquella mujer era muy inteligente.

O eso, o sintonizaba bien con él, lo que era todavía más desconcertante.

–Soy un realista empedernido –dijo, haciéndole un gesto para que saliese de la cocina y subiese las escaleras que llevaban hasta una zona de comedor cercana–. ¿Y usted?

–Yo, una optimista incurable –confesó Melodie–. Ah, qué habitación más bonita.

Era la segunda vez que Melodie le hacía darse cuenta de lo bien que había escogido la decoración de la casa. Una parte de él había querido decidirse por el cristal y el acero inoxidable, como aquella mujer había esperado, pero como había crecido en un centro de menores y en varias casas que no habían sido suyas, había preferido decorar la casa de manera que la sintiese como un hogar. También era un lugar que podría vender en caso de que su suerte cambiase y tuviese que deshacerse de él. Lo que no iba a ocurrir, pero Roman era de los que siempre tenían un plan B y un plan C.

Así que a pesar de que desayunaba allí todas las mañanas, no disfrutaba tanto de la habitación ni de las vistas a los campos de limoneros como Melodie. Le había pedido al arquitecto que la luz de la mañana entrase por la ventana y también por las puertas dobles que daban a la terraza que rodeaba la casa. Aunque, por él, podía llover todos los días.

—En una ocasión me tocó una galleta de la suerte con un mensaje que decía que fuese siempre optimista, ya que era lo único que importaba.

Su comentario lo tomó por sorpresa. Hizo una mueca y dijo en tono irónico:

—En todos esos mensajes tenía que poner que estás a punto de comerte una galleta seca y sin ningún sabor.

—No... —respondió ella, frunciendo el ceño de manera burlona—. Me da miedo preguntarle qué piensa de las bodas, si es eso lo que opina de las galletas de la suerte.

Le dedicó una caída de ojos y Roman pensó que estaba intentando coquetear con él.

Era el momento de hacerle saber que si iba por

ahí sería para divertirse a corto plazo, no para encontrar un compromiso.

—Para mí la ceremonia es un texto bastante elaborado en el que se habla del futuro, pero que no tienen ningún impacto en lo que va a ocurrir en realidad.

Ella dejó caer los hombros, consternada.

—Qué deprimente —comentó—. Las bodas son la celebración de la felicidad que se ha logrado hasta entonces y la promesa de un final todavía más feliz.

—¿Eso es lo que promete usted? Yo diría que se está aprovechando de los ingenuos.

—¿Piensa que las personas que se enamoran y hacen planes de compartir sus vidas son unos incautos? Todo lo contrario, no han perdido la esperanza —se defendió Melodie, levantando la barbilla.

—¿La esperanza de qué? —inquirió él, disfrutando de aquel intercambio de opiniones.

—De lo que sea. ¿Hasta dónde habría llegado con su empresa si no hubiese sido mucho más que realista? ¿Si hubiese apuntado bajo? —replicó ella, sonriendo, mientras entraba en un salón privado—. ¿Ve? Estoy convencida de que puedo convertirlo al optimismo.

—No soy fácil de manipular —le advirtió Roman—, pero, adelante, inténtelo.

Capítulo 2

ENTENDIDO. Oh...
El salón estaba en una esquina de la casa y tenía vistas al mar. Otro par de puertas de cristal daban a la terraza. El espacio restante estaba claramente dedicado al dormitorio principal.

Melodie había estado tan concentrada en responder a Roman de manera inteligente que no se había dado cuenta de adónde la había llevado este. Se ruborizó.

–No me había dado cuenta.

¿Por qué no le había impedido él que entrase allí?

–Al otro lado del pasillo hay una habitación de invitados que Ingrid puede utilizar para vestirse –le dijo Roman.

En vez de ir directamente allí, Melodie se quedó donde estaba y recorrió la habitación, decorada en tonos azules, con la mirada. La cama era enorme y tenía enfrente varios espejos. La pared que daba a la terraza era toda de cristaleras.

La cama estaba rodeada de finas cortinas, probablemente, para dar privacidad a su ocupante u ocupantes.

De repente, Melodie se dio cuenta de que era una mujer y Roman un hombre. Y que este era alto y fuerte. Tragó saliva e intentó que sus pensamientos no la traicionasen, pero sintió calor en las mejillas.

No sabía si Roman se sentía atraído por ella o si la veía solo como una diversión.

–Qué bonitas vistas –dijo, mirando hacia el exterior, más allá de la intimidad del dormitorio.

Dejó el bolso a sus pies y utilizó ambas manos para hacer una fotografía con el teléfono. El pulso le tembló todavía más al ver que Roman se ponía a su lado.

–¿Cómo conoció a Ingrid?

Incómoda donde estaba, porque podía inhalar el olor a aftershave de Roman, salió a la terraza e intentó fingir que el paisaje la tenía deslumbrada.

–Nuestras madres habían ido al mismo colegio en Virginia. Mi madre falleció recientemente y Evelyn vino al funeral y me contó que Ingrid acababa de prometerse. Los preparativos me están ayudando a no darle demasiadas vueltas a la cabeza –admitió, sonriendo débilmente–. Las bodas son momentos muy felices. Es mucho mejor que organizar un funeral.

Después de unos segundos, Roman preguntó:

–¿Está diciendo que el funeral fue tan impresionante que esa mujer le pidió que organizase la boda de su hija?

Melodie se echó a reír a pesar de que todavía era un tema delicado para ella.

–No exactamente. Aunque sí es cierto que fue un gran acontecimiento –admitió–. Supongo que Evelyn solo quería ser amable conmigo cuando me sugirió que enfocase hacia ahí mi carrera...

Aquello se le había escapado. Miró a Roman y se dio cuenta de que tenía las cejas arqueadas.

–Lo que no significa que no esté cualificada para hacerlo –se apresuró a asegurarle–. He hecho esto muchas veces, pero nunca lo había visto como un trabajo. Después de hablar con Evelyn, volví a contactarla y llegamos a un acuerdo.

–Así que está empezando. Supongo que la inversión inicial ha debido de ser importante –comentó él–. Solo volar aquí...

–En cierto modo, sí –respondió ella vagamente.

Era cierto que no podía permitirse ir al sur de Francia a pasar el fin de semana.

–Imagino que ese es su despacho –comentó al llegar delante de otras puertas de cristal–. Deberá cerrarlo con llave el día de la boda, por supuesto.

En una de las paredes había una puerta que volvía a dar al dormitorio. La pared de enfrente estaba completamente cubierta de pantallas planas. Todas ellas formaban una única imagen con el logotipo de la empresa de Roman.

Melodie entró en la habitación, atraída por aquel montaje. Se oyó un pitido y Roman la siguió y puso el dedo pulgar en un sensor.

–Es como un agente secreto, ¿no? –bromeó Melodie.

–Prefiero considerarme como el que pone freno a estos –respondió él en tono seco.

Ella reprimió una sonrisa al verlo tan seguro de sí mismo.

–Este ángulo sería perfecto para una fotografía, con el mar de fondo. ¿Le importaría ponerse ahí en lugar de Ingrid?

–No. Usted sería una novia mucho más guapa.

Yo haré la fotografía –se ofreció, tendiéndole la mano para que Melodie le diese el teléfono.

Ella dudó, se sentía más cómoda detrás que delante del aparato, pero no quería discutir.

–Está bien –murmuró, preparando la cámara de fotos y volviendo a salir a la terraza–. Vamos a tomar varias instantáneas desde que el padre la vaya a buscar a la habitación y mientras baja las escaleras. Había pensado que bajaría por el interior de la casa, pero las escaleras exteriores son mucho mejores. Los invitados la verán llegar y esta barandilla de hierro forjado es preciosa. Haremos un par de fotografías en las escaleras de dentro después de la ceremonia.

–¿Preparada? –le preguntó Roman.

Después de haber hecho varias fotografías, añadió:

–Sonría. Va a casarse.

Melodie se echó a reír e hizo como si sujetase un ramo de flores imaginario, pensó en que el hombre de sus sueños la estaba esperando.

A pesar de que nunca había tenido suerte con los hombres, siempre había sido toda una romántica y le gustaba pensar que algún día llegaría su media naranja. Necesitaba creerlo si no quería deprimirse, como le había ocurrido a su madre.

La enfermedad de esta había hecho que Melodie se olvidase de buscar pareja, pero, en esos momentos, a pesar de que todavía estaba llorando su pérdida, estaba abierta a cualquier posibilidad. Dispuesta a correr el riesgo. Por un instante, se imaginó que Roman era el hombre de su vida. Su alma gemela.

Roman la miró fijamente.

–¿Qué ocurre? –le preguntó ella, sintiendo calor en el pecho.

–Nada.

Melodie se humedeció los labios y avanzó por la terraza hacia las escaleras exteriores, intentando olvidar lo que acababa de imaginar, pero no pudo evitar preguntarse cómo sería vivir con aquel hombre tan guapo.

«Difícil», se dijo. «Aunque tal vez la mujer adecuada pueda ablandarlo».

Las escaleras descendían en una curva hacia la zona que había junto a la piscina. Ella se detuvo en lo alto.

–El vestido llevará cola. La extenderemos por detrás –explicó, girándose.

Cuando volvió a mirar a Roman pensó que era demasiado guapo para ser real.

De repente, Melodie deseó gustarle. Sabía que eran todo lo contrario y que eso era lo que la atraía y también la asustaba. No él, sino cómo la afectaba su presencia.

De repente, vibró el móvil de Roman y miró el mensaje entrante.

–Ingrid ha sufrido un accidente –dijo–. Cree que tiene un esguince en la muñeca. Está en la clínica y pregunta si podemos dejar la visita para más tarde.

Podía haber invitado a Melodie a que se quedase a comer, pero no lo hizo. Le pidió a su chófer que la llevase al hotel. Necesitaba tiempo para reflexionar acerca de cómo reaccionaba ante su presencia antes de coquetear abiertamente con ella.

Su reacción era muy fuerte. Al hacerle la fotografía había tenido una excusa para estudiarla, y no había visto en ella nada que no le gustase. Era evidente que había mucha atracción entre ambos, una atracción magnética.

¿Por qué?, se preguntó mientras apoyaba el dedo pulgar en el sensor que había en su despacho y tecleaba en la pantalla para ver el informe de seguridad del que había hecho caso omiso un rato antes.

Juró en voz alta al ver su contenido.

Al parecer, los expertos tenían razón. Era un genio de la seguridad. Todos los detalles que tanto él como su guardia de seguridad habían pasado por alto estaban allí.

Después de cruzar varios datos había unas cuantas coincidencias. Fue leyendo y se le encogió el estómago.

El apellido podía ser solo una casualidad. Melodie le había dado a su guardia el apellido Parnell, que iba unido al de Gautier. Parnell-Gautier. Dos décadas y media antes, una modelo llamada Patience Parnell había cambiado su apellido a Parnell-Gautier.

Vio la fotografía de una revista antigua y pensó que Patience se parecía mucho a Melodie. En brazos tenía a un bebé llamado Charmaine, no Melodie, pero por la fecha del nacimiento podía coincidir con la edad de Melodie.

Roman recordó que había visto a Patience una vez, pero nunca la había considerado una amenaza directa porque había estado enferma varios años.

Él siempre había pensado que la guerra la tenía con Anton Gautier y el padre de este, Garner Gautier. Salvo en una fotografía reciente, su hija no había aparecido públicamente con él desde la niñez.

Estudió la fotografía tomada por una agencia de noticias un par de meses antes. El texto decía que Patience Parnell-Gautier había sido despedida por su querido marido, su hijastro y su hija, Charmaine M. Parnell-Gautier.

Le resultó nauseabundo que Gautier enviase a su hija a su casa.

Lo que no entendía era que Melodie lo hubiese cautivado hasta tal punto que había ignorado la alerta de seguridad en vez de haberla leído inmediatamente y haberla echado de su propiedad. No era tan poco civilizado como para echarla como lo habían echado a él del despacho de su padre doce años antes. Le habían pegado tanto, que había salido de allí casi sin poder caminar. Anton había sido el que había robado, pero Garner le había dado la vuelta al asunto y lo había culpado a él.

Se puso furioso solo de recordarlo. No volvería a permitir que los Gautier jugasen con él.

A pesar de ser un hombre que solía controlar todos sus sentimientos, no pudo evitar saborear una deliciosa venganza. Llevaba años esperando su momento. Primero quería adelantar a Gautier Enterprises en los negocios y darles donde más les dolía: en lo económico.

Durante años las dos empresas habían competido y habían estado a la par con el mismo software, creado originalmente por Roman. Los Gautier le habían robado el producto y lo habían perfeccionado mientras que él tardaba cinco años en reconstruir todo lo que había perdido para poder volver a entrar en el mercado.

Al final, el año anterior, había conseguido ponerse al nivel, pero no era suficiente. Lo había arriesgado todo, había utilizado todos sus recursos para conseguir aquel programa, y estaba empezando a ver los resultados.

Al parecer, el plan de Gautier era ahora mandarle a su hija para que esta volviese a robar sus ideas.

Pero no iba a permitirlo.

En esa ocasión, Roman no solo iba a ganar, sino que iba a mandar un mensaje a los Gautier que estos jamás podrían olvidar. Los iba a aplastar, empezando por el mensajero.

Sintió ganas de pedirle a Ingrid que despidiese a Melodie de inmediato, pero se obligó a ser más frío.

Antes se aseguraría de encontrar a alguien que la sustituyese para que Ingrid no se viese perjudicada. Melodie perdería el contrato y cualquier otra oportunidad de continuar con el negocio. No estaba convencido de que quisiese dedicarse a las bodas de manera profesional, pero estaba seguro de que los Gautier habrían invertido mucho dinero en hacer que aquello pareciese real. Roman se alegró de que, al menos, perdiesen la inversión.

Solo tuvo que tocar un par de teclas más para enterarse de que Melodie vivía sola. Y, sorprendentemente, de manera muy modesta. Él también lo había hecho, lo había perdido todo. No obstante,

Melodie volvería a casa de papá, pero con una misiva.

El toque final sería muy sencillo, un mensaje claro de que habían fracasado. Esa sería la mejor represalia posible.

Melodie había puesto a cargar su teléfono sin comprobar que el cargador estaba bien enchufado, así que cuando fue a salir por la puerta para reunirse con Ingrid y Huxley e ir a ver a Roman, se dio cuenta de que no tenía batería.

Guardó el teléfono en la caja fuerte junto con el pasaporte y también el monedero, pero sacó de él una tarjeta por si la necesitaba, aunque iban a comer en la casa y no le iba a hacer falta.

Tuvo que reconocer que le costaba pensar con claridad. Además de nerviosa estaba emocionada. La noche anterior, con Ingrid y Huxley, había hecho todo lo posible por hablar solo de la casa y de la boda, aunque había deseado intentar obtener más información acerca de Roman. Después, se había tumbado en la cama y había pensado en él.

Un rato después llegaba a casa de Roman con los novios.

—Lo siento mucho –se disculpó Ingrid nada más entrar–. Me resbalé en la bañera y no pensé que me había hecho daño, pero de camino aquí tenía la muñeca muy inflamada.

—Quería venir y después ir a la clínica, pero iba en el coche conteniendo las lágrimas –añadió Huxley–, así que tuvimos que ir directamente al médico.

–Por supuesto –murmuró Roman–. Me alegro de que no sea nada grave, así podrás seguir escribiendo a máquina cuando se te terminen las vacaciones.

Ingrid se echó a reír.

–Lo dice de broma –le comentó a Melodie por encima del hombro–. Casi no utilizamos papel en el despacho y usamos la función de voz para escribir textos.

Melodie sonrió.

–Por cierto, que las fotos son preciosas. Tienes un talento oculto –le dijo Ingrid a su jefe.

–Es que la cámara la adora –respondió él, mirando a Melodie como si buscase algo.

Huxley preguntó de qué estaban hablando y su novia le contó que Melodie le había enseñado las fotos que había hecho el día anterior.

La última fotografía, en la que Melodie había mirado fijamente a Roman, era la más inquietante. Había proyectado una imagen elegante y femenina, y su expresión había sido de abierta invitación sensual. Ella no había pretendido haber sido tan... explícita.

–¿Por qué no salimos y así podéis hacer fotografías vosotros mismos? –sugirió, intentando distraer a todo el mundo.

Se sentaron junto a la piscina para tomar una comida ligera y Roman continuó estudiando a Melodie. Detrás de su supuesta inocencia había una mujer sorprendentemente peligrosa.

El día anterior había pensado mucho en ella y en

esos momentos no lograba recordar por qué no debía sentirse atraído por ella.

Porque no estaba bien. Era su enemiga.

—Ahora que has visto la casa, ¿puedo decirle a mis empleados que está decidido? —le preguntó Roman a Ingrid, volviendo a centrarse en el motivo de aquella reunión.

—Sí, por favor —respondió ella en tono agradecido—. Muchísimas gracias. Todavía no puedo creer que me hayas ofrecido tu refugio para celebrar la boda. Nunca trae a nadie aquí.

Roman se dio cuenta de que Melodie lo miraba con curiosidad e intentó ignorar el deseo que aquello le despertaba.

—Todos necesitamos un lugar en el que refugiarnos para poder trabajar en paz —comentó.

En realidad, aquella casa era algo más que un santuario. Era una declaración de que Roman había llegado, y la celebración de la boda haría que saliese en la prensa.

—Está muy bien que haya un lugar en el que alojar a todas las personas que vienen de fuera —añadió Huxley—. Muchas gracias.

Roman volvió a sonreír vagamente, consciente de que el padre de Huxley era un embajador británico muy bien relacionado que en esos momentos estaba en Oriente Medio. La familia de Ingrid era estadounidense, de dinero de toda la vida, e incluso tenía una tía casada con un alemán que estaba en el consejo de ministros de la Unión Europea. La dama de honor de Ingrid era la hija de un banquero suizo.

Así pues, a la boda estaba invitada una buena representación de la elite internacional.

Y la casa la ponía el hijo de una prostituta de Nueva York.

En vez de sentirse entusiasmado por la idea, se sintió más interesado en el juego del ratón y el gato que tenía con Melodie. ¿Por qué seguían preocupándole cosas como la competencia y la supervivencia?

–¿Cómo empezó a trabajar en programas de seguridad? –le preguntó Melodie, muy seria.

Y él pensó que tal vez no estuviese allí para robar, sino solo para hacer daño. Su familia ya lo había amenazado con utilizar sus contactos para desacreditarlo. Podían volver a intentarlo. Tal vez Melodie pretendiese sabotear la boda para evitar que él fuese más conocido entre la alta sociedad mundial.

Decidió contestar a su pregunta sin rodeos.

–Con catorce años me detuvieron por *hackear* el servidor de un banco.

–¿Lo dices en serio, Roman? –preguntó Ingrid, haciendo ruido con los cubiertos en el plato–. No tenía ni idea. Mel, le estás sacando una información que conmigo nunca ha compartido.

Melodie dejó caer sus ridículamente largas pestañas en un gesto de tímido placer, traicionándose y dejando ver que le gustaba la idea de tener poder sobre él.

Molesto al darse cuenta de que Ingrid tenía razón, Roman decidió terminar la historia.

–Cuando me di cuenta de que podía ser más listo que los adultos, el juego consistió en comprobar hasta dónde podía llegar –les contó con toda franqueza–. El especialista en seguridad que me pilló, un duro exmarine que se llamaba Charles, quedó muy impresionado, sobre todo, porque yo era autodidacta. Así que me contrató en cuanto pudo y me enseñó a utilizar mi talento para hacer cosas buenas en vez de malas.

Melodie lo estaba mirando muy sorprendida.

–¿No esperaba que fuese sincero? –la retó él.

–No es eso. Es que nunca había conocido a nadie con una habilidad natural para la programación –comentó Melodie–. Pensé que era un mito.

Estaba hablando de su hermano, Roman estaba seguro, pero no había picardía en su sonrisa. No estaba intentando engañarlo ni ganárselo. No, había hecho el comentario más bien como una reflexión personal, como si se preguntase si Anton era tan bueno como decía ser.

A duras penas.

La expresión de Melodie cambió repentinamente y él vio a una mujer distinta, una mujer abierta y encantadora, que disfrutaba de cualquier conversación.

–La verdad es que a mí no se me da nada bien. Tuvieron que enseñarme a crear una cuenta de correo electrónico en la tablet.

Aquello era como afirmar que era inofensiva. Roman había esperado oír aquello desde que se había dado cuenta de quién era.

La conversación pasó a girar acerca de contactos y de la organización de la boda. Del vino pasaron al café con hielo y Huxley comentó algo acerca de la terraza y se llevó a Ingrid a inspeccionarla.

Melodie no hizo ademán de seguirlos, en su lugar, se echó hacia delante y se quitó el jersey, dejando al descubierto una camiseta sin mangas a juego que se ceñía a sus pechos de manera encantadora.

–No pensé que haría tanto calor. En casa es otoño, hace frío y llueve.

Se sentó recta y, como si pudiese sentir el frío que hacía al otro lado del Atlántico, sus pezones se irguieron bajo la camiseta amarilla.

Roman no pudo evitar pensar en aquellos pechos desnudos. Se imaginó las puntas rosadas cual cerezas fundiéndose sobre bolas de helado. No era un hombre obsesionado con los pechos, pero se imaginó acariciándolos y lamiéndolos y la imagen fue tan realista que tuvo que cambiar de posición en la silla.

Ambos se habían quedado en silencio y Melodie estaba inmóvil.

Roman levantó la vista y se dio cuenta de que Melodie se había dado cuenta de que estaba devorándola con la mirada. Sintió una especie de descarga eléctrica que partió de su vientre y le retumbó en el pecho, haciendo que se le parase el corazón y se le encogiese el vientre.

Los ojos azules de Melodie seguían clavados en los suyos sin rastro de ofensa. De hecho, había reaccionado a su interés excitándose. Roman lo había visto en sus pechos y lo estaba leyendo en sus pupilas dilatadas. Le temblaron las pestañas, le brillaron los ojos y se humedeció los labios.

La presión de los pantalones de Roman aumentó

y él se preguntó si alguna vez había vivido un momento más carnal.

Ella tragó saliva y apartó la vista.

Roman se reprendió por haber permitido que se diese cuenta de su interés y por su propia reacción.

–¿Él va mucho por el trabajo? –preguntó Melodie–. ¿Está acostumbrado a sus alardes?

–¿Quién? –inquirió él, recordando de repente que había dos personas más en la casa.

Ingrid y Huxley paseaban de la mano, embriagados de amor.

Roman también se estaba comportando como si estuviese borracho, se estaba olvidando de dónde estaba y se estaba imaginando poseyendo a una mujer que era demasiado letal para beberla. Intentó contener la atracción más fuerte que había sentido por una mujer en toda su vida y casi se preguntó si esta le habría puesto algo en la copa.

–Tal vez, pero lo bueno de trabajar con tecnología de vanguardia es poder utilizarla –comentó, señalando con la barbilla hacia su despacho–. Suelo trabajar desde casa.

–¿E Ingrid es su avatar en Nueva York? –adivinó ella.

Aquello lo sorprendió y estuvo a punto de echarse a reír, pero se contuvo al darse cuenta de la facilidad con la que lo desarmaba Melodie. La miró fijamente, intentando descubrir la fuente de su poder.

–Nunca lo había visto así. Supongo que tiene razón.

–Siempre he pensado que trabajar desde casa era lo ideal –comentó ella pensativa, apoyando la barbilla en la mano–, pero ahora que lo hago me doy cuenta de que me estoy volviendo adicta al trabajo y que me cuesta dejarlo.

–Entonces, vive sola.

Era lo que ella había querido hacerle deducir. Y a él no tenía que haberle gustado oírlo. En cualquier caso, no iba a acostarse con ella.

No obstante, si quería ofrecerse a él, que lo hiciese, le encantaría rechazarla.

Pensó en aquello como en una partida de ajedrez, no como en un coqueteo.

–Sí –respondió Melodie, tocándose las perlas de la garganta.

–Yo también.

Melodie lo miró y se le sonrojaron las mejillas, tal vez estuviese preguntándose si aquel comentario era una señal de que se sentía atraído por ella.

No merecía la pena fingir lo contrario. Lo había sorprendido mirándola con deseo, así que a Roman no le importó que pensase que la encontraba atractiva. En realidad no entendía que pudiese gustarle, pero disfrutó viéndola tan desconcertada por su propia atracción como por el interés de él. Su reacción era demasiado visceral para ser falsa, y tal vez fuese aquello lo que lo excitaba a él.

Era un claro caso de química equivocada, quizás porque la situación era peligrosa. De joven, le había encantado correr riesgos. Aunque no con las mujeres. De hecho, tenía mucho cuidado de con quién tenía una relación, pero le encantaba la conquista, romper barreras y descubrir secretos. Le llenaba de satisfacción demostrar que podía hacerlo.

–¿Y dónde vive? –le preguntó.

Ya sabía la respuesta, la había leído el día anterior, pero le gustaba ver cómo Melodie se ponía todavía más nerviosa porque le estaba prestando atención.

–En Virginia –respondió–. Por el momento. Estoy pensando en mudarme a Nueva York.

–No se moleste –le dijo él sin pensarlo–. Se puede vivir en Nueva York, pero es una ciudad que no me gusta. Tengo malos recuerdos de ella.

Esperó a ver si Melodie se daba cuenta de que había hecho el comentario refiriéndose a su familia, pero esta se limitó a susurrar:

–Eso es lo que me ocurre a mí con Virginia.

Su tono reflejó a la perfección los sentimientos de Roman, que se sintió como si Melodie hubiese abierto una cortina y hubiese entrado en el pequeño espacio en el que guardaba su alma. La sensación fue tan inquietante que se puso tenso, pero ella no pareció darse cuenta.

Sonrió de oreja a oreja y añadió:

–Necesito empezar de cero. Y su idea de trabajar desde casa me ha inspirado. ¿Cómo lo hace? Ingrid me ha comentado que tiene una empresa internacional, así que supongo que viajará mucho. Yo espero tener que hacerlo también, cuando me establezca. ¿Cuáles son los inconvenientes y las mejores prácticas?

Había llevado la conversación de vuelta al trabajo de Roman de manera muy sutil. Y a él le resultó admirable.

–Ya vuelve la feliz pareja –comentó, evitando así responder a su pregunta.

Ingrid y Huxley se habían detenido al otro lado de la piscina y estaban admirando las vistas de la playa.

Ingrid lo miró y él imaginó que quería preguntarle algo.

Se levantó y se puso detrás de Melodie para apartarle la silla, desde allí volvió a echarle otro vistazo a sus pechos, no lo hizo intencionadamente, pero, al fin y al cabo, era un hombre.

Su aroma lo invadió y la imagen del mármol, el color turquesa y la luz del sol se grabó en su memoria. Pensó que jamás olvidaría aquel momento, allí de pie, con Melodie delante. Tenía la cintura y la cadera delgadas y deseó agarrárselas y apretarse contra ella, doblegarla a su voluntad y poseerla. Tuvo que contenerse para no apoyar una mano en su espalda mientras se acercaban.

¿Qué tenía aquella mujer que lo afectaba tanto?

Sus movimientos eran elegantes y era una mujer con clase, no como él, que era un perro callejero. Si no hubiese sentido tanto desprecio por su familia, se habría preguntado si era lo suficientemente bueno para ella.

–¿Los invitados podrán estar por aquí por la noche? –preguntó Huxley.

–Eso depende del señor Killian –respondió Melodie, girándose hacia él.

–Llámame Roman, por favor –respondió él en tono seco.

Podía tutearlo hasta que le dejase las cosas claras, cosa que ocurriría en cinco minutos.

–Pueden estar aquí, pero hay que tener cuidado.

Se acercó, consciente de la proximidad de Melodie, e intentó no empujarla, pero ella se apartó bruscamente.

Roman la vio de reojo, la oyó gritar e intentó sujetarla.

Pero ya estaba cayendo hacia atrás. No pudo agarrarla. La vio hacer una mueca mientras caía y se apartó para que no lo salpicase. Había un zapato atrapado en la rejilla.

Capítulo 3

CUANDO Melodie se dio cuenta de que la caída era inevitable, dejó que ocurriese y contuvo la respiración. Por encima de ella, a través del agua, la miraban tres rostros borrosos. Roman se estaba quitando la chaqueta, como si fuese a tirarse por ella.

Esperó a que sus pies tocasen el fondo y se dio impulso para subir.

No entendía que le hubiese podido pasar algo así, pero Roman la tenía completamente desestabilizada, era muy sexy y masculino y le estaba enviando mensajes contradictorios de deseo y desaprobación.

Así que se había sobresaltado al notar que se acercaba, se había echado hacia atrás y...

–Tal vez quieras cambiar esa rejilla antes de la boda –dijo Melodie nada más llegar a la superficie del agua–. Si no, habrá que aconsejar a las mujeres que lleven chanclas en vez de zapatos de tacón.

Ingrid y Huxley se echaron a reír, pero Roman estaba serio.

No era sencillo mantenerse a flote con una falda estrecha, pero Melodie fue nadando hasta el bordillo. Él la agarró del brazo sin preguntarle si necesitaba ayuda y la sacó del agua sin ninguna dificultad.

Melodie estaba completamente empapada, con toda la ropa pegada al cuerpo, sin dejar nada a la imaginación. También se le debía de haber estropeado el maquillaje y... por suerte las perlas seguían ahí. Se sentía muy tonta.

Cruzó los brazos para cubrirse los pechos y miró a Ingrid, que se estaba cubriendo la boca con la mano.

—¿Qué has hecho, Mel?

—Te has olvidado el zapato en el bordillo, Cenicienta —bromeó Huxley.

—No me lo puedo creer —protestó ella, avergonzada, pero riéndose de sí misma.

A Roman no debía de parecerle divertido, porque la estaba mirando con severidad.

—¿Me puedes dar una toalla? —le preguntó.

—Por supuesto —respondió él.

—¡Ah! He traído un traje de baño, si lo quieres —comentó Ingrid, entrando en la casa—. Lo compré ayer y todavía lo tengo en el bolso.

Melodie negó con la cabeza. Era demasiado tarde para el bañador.

Siguió a Roman hasta un vestidor cercano y este se giró con una toalla en la mano. Volvió a mirarla de arriba abajo, haciendo que fuese consciente de que tenía la ropa pegada al cuerpo. Ella tiró de la camiseta, pero solo consiguió hacer el escote más grande.

Roman se acercó y le puso la toalla sobre los hombros sin ninguna dificultad porque era muy alto.

A Melodie se le volvió a acelerar el corazón. Se sintió débil.

—Yo... —empezó, pensando que disculparse era una tontería—. Gracias.

—Al verte caer así, he pensado que tendría que tirarme a buscarte.

—La verdad es que ha sido un baño muy refrescante. Lo necesitaba.

Se arrepintió de haber dicho aquello, ya que era reconocer la atracción sexual que había entre ambos y contra la que estaba intentando luchar.

Clavó la vista en los labios de Roman y se preguntó cómo serían sus besos. Después de haber perdido la virginidad por los motivos equivocados, ya nunca pasaba de los besos, pero siempre tenía la sensación de que no era capaz de dejarse llevar y disfrutar.

No obstante, seguía teniendo la esperanza de encontrar un hombre que cambiase aquello. Al menos esa noche quería que la besasen. Deseaba saber cómo serían los besos de aquel hombre.

Aturdida, casi ni se dio cuenta de que Roman la agarraba del brazo, se acercaba e inclinaba la cabeza.

Tenía que haberla sorprendido, pero lo cierto es que le pareció natural. Se humedeció los labios, los separó, y gimió al notar el calor de los de él.

Estaban calientes, suaves y la besaban con total seguridad, con pasión. Y le había puesto una mano en la espalda para apretarla contra su musculoso cuerpo.

Melodie sintió calor a través de la ropa mojada.

Roman la estaba besando de verdad, como si quisiese cerciorarse de que jamás olvidaría aquel momento. Como si fuese suya y se estuviese asegurando de que lo sabía.

Y ella le devolvió el beso con la misma pasión, sin pensar en nada más que en explorar aquel nuevo placer. Dejó que Roman continuase porque lo que le estaba haciendo era nuevo, emocionante, increíble. Su beso hacía que se sintiese deseada. La lengua de Roman tocó la suya e hizo que se estremeciese. Notó calor y humedad entre los muslos y se apretó más contra él, gimiendo de placer.

−Aquí estáis... ¡Ah! −exclamó Ingrid antes de echarse a reír, incómoda.

Roman se apartó, pero sujetó el brazo de Melodie con una mano. A pesar de que no le había hecho daño, ella se masajeó la zona en cuanto la hubo soltado, intentando liberarse de la extraña sensación que le había causado y fijándose en que le había mojado la ropa.

−Me marcho −dijo Ingrid, sonriendo con malicia.

−No −espetó Roman, pasando por su lado para salir del vestidor.

Ingrid, casi doblada de la risa, entró y cerró la cortina tras ella mientras decía de manera exagerada:

−Dios mío, Dios mío.

Melodie enterró el rostro colorado entre las manos, avergonzada.

−No sé qué ha pasado −gimoteó.

−Es normal −comentó Ingrid−. Es Roman Killian. No te puedes imaginar cómo se pone todo el mundo cuando está en la oficina. Todas las mujeres llevan su mejor sujetador y la ropa de diseño. No me sorprende que tú también... hayas caído.

–No he caído –intentó protestar Melodie, pero todavía le temblaban las piernas.

Si Roman hubiese vuelto a entrar y le hubiese pedido que fuese con él, no lo habría dudado ni un instante.

–No te molestes –le dijo Ingrid–. Si yo no hubiese estado toda la vida enamorada de Huxley, también me habría enamorado de Roman. Es muy guapo. Lo que me intriga es... que tú le gustes tanto a él.

Melodie sacudió la cabeza.

–Te equivocas...

–No aparta la vista de ti –insistió Ingrid–. La verdad es que no se le ve mucho en compañía femenina. Supongo que es de los que sabe compartimentar. Una cosa es el trabajo y otra, el placer. ¿Sabes lo que quiero decir? Pero cuando lo he visto con una mujer siempre ha mantenido una actitud muy correcta, nunca ha dado la impresión de que estuviese deseando estar a solas con ella. Y todas eran rubias y bien dotadas, coquetas. Dudo mucho que estuviesen intelectualmente a su altura.

–Me he caído a la piscina, Ingrid. Eso no dice mucho de mi inteligencia –argumentó Melodie, aunque tenía el corazón acelerado de pensar que Roman no había podido resistirse a besarla.

No era de esas mujeres que despertaban pasión en los hombres. De hecho, casi todos pensaban que era demasiado alta y delgada. Su hermanastro se lo había dicho muchas veces de niña, minando su autoestima de tal manera que Melodie solo había conseguido recuperarla después de haberse marchado de casa. Así que todavía se consideraba un patito feo que se había convertido en oca, no en cisne.

La baja autoestima, junto con la necesidad que su madre había tenido de ella, habían hecho que no hubiese buscado nunca el amor, aunque lo cierto era que estaba deseando conectar con el sexo opuesto. Su madre ya no estaba y la había dejado con un vacío en la vida. Se sentía sola y quería encontrar a alguien con quien compartir el día a día. No quería una relación superficial, de puertas para afuera, como la que habían tenido sus padres, sino la relación profunda, el amor que veía entre Ingrid y Huxley.

Se puso una toalla a modo de turbante en la cabeza e intentó no compadecerse de sí misma mientras se quitaba la ropa mojada.

Ingrid le quitó las etiquetas al bañador y sacó otra cosa más que había en la bolsa.

–Mira. Huxley se compró una camisa. Te la puedes poner también.

Melodie vio el bikini y se dio cuenta de que era microscópico incluso para su clienta.

Pero Ingrid se lo dio y la ayudó a ponerse la camisa blanca sin mangas de Huxley por la cabeza.

–Es un poco atrevido, pero yo me lo pondría para estar en la piscina o en la playa –comentó.

O en el dormitorio con su futuro marido.

La tela era muy fina y casi ni le tapaba el trasero.

En combinación con las perlas, parecía una surfera en busca de una aventura de verano.

Se desabrochó el collar y susurró:

—No me puedo creer que me haya pasado esto. Qué imagen tan poco profesional.

—No pasa nada. Estás muy bien. Tus piernas deberían considerarse un arma letal —le dijo Ingrid arqueando las cejas—. A ver si le gustan a Roman.

Sonrió con malicia mientras recogía la ropa mojada de Melodie y salía del vestidor con ella, dejando la cortina abierta.

Melodie dudó, no quería esperanzarse con las palabras de Ingrid. Lo cierto era que no tenía mucha experiencia con los hombres. Aparte de sus inseguridades, y tal y como le había dicho a Roman, era adicta al trabajo. Hacía mucho tiempo que era independiente y el poco tiempo que había tenido libre se lo había dedicado a su madre. Con los pocos hombres con los que había salido habían sido chicos que no le habían gustado lo suficiente como para hacerles un hueco en su vida.

Tampoco esperaba que Roman quisiese formar parte de su vida. Más bien lo contrario. Tenía la sensación de que era un hombre al que le gustaban las mujeres autosuficientes y sofisticadas. Y ella no lo era. De hecho, todavía no sabía cómo había sido capaz de perder la virginidad.

Bueno, en realidad, sabía que lo había hecho por inmadurez y por venganza. Había querido demostrarle a Anton que podía gustarle a sus amigos y había utilizado a uno de ellos. Su hermano Anton había querido ir a pescar en el yate de este, pero ella lo había convencido para que la llevase de crucero solo a ella. Se había acostado con él, pero la situación le había resultado incómoda y decepcionante. El amigo de su hermano se había dado cuenta de que a ella no le gustaba de verdad y se había quedado desolado. Al final, la experiencia había acabado siendo una lección de que había que ser bueno con los demás y sincero con uno mismo, una lección que Melodie había aprendido desde entonces.

En aquella ocasión, no conocía a Roman lo suficiente como para que le importase, pero sí que se sentía muy atraída por él. Quería acostarse con él.

Se quitó la toalla húmeda de los hombros y se la puso alrededor de la cintura, ya que necesitaba estar un poco más protegida cuando lo volviese a ver.

Pero Roman no estaba allí.

–Ha subido a cambiarse –le explicó Huxley–. Y, probablemente, a darse una ducha fría también.

Ingrid terminó de colocar la ropa mojada de Melodie en el respaldo de las sillas y le dijo a su novio:

–Si quieres que probemos esos esquíes acuáticos que te has comprado, será mejor que nos demos prisa. ¿Tú puedes ir en taxi, verdad, Melodie? Vamos en dirección opuesta al hotel. Nos veremos mañana, en la reunión con el gerente del hotel.

A Melodie le caía bien Ingrid, pero en aquel momento deseó empujarla a la piscina también. «No me dejes a solas con él», pensó.

Pero el cliente siempre tenía la razón, se recordó.

Miró hacia la mesa en la que habían comido para ver si estaba su teléfono, sin batería, y pensó que lo único que tenía era la tarjeta de crédito en el bolsillo de la chaqueta. Por lo menos eso estaba seco, menos mal.

–Por supuesto –respondió, esbozando una sonrisa tensa, como si todo estuviese bajo control.

–¡Adiós! –se despidió Ingrid, lanzándole un beso y agarrando a su prometido de la camisa para llevárselo.

Avergonzada, Melodie se ruborizó y se preguntó si debía entrar en la cocina y pedirle al chef que le llamase un taxi, o quedarse a ver si Roman quería que terminasen lo que habían empezado.

Sus hormonas lo tenían claro.

Tenía que apartarse del sol o iba a arder.

Fue hacia las escaleras exteriores y se dijo que no podía marcharse sin decir adiós. Aunque después reconoció que si quería despedirse no era por educación.

Subió despacio, con el corazón acelerado, como si estuviese bajando las escaleras del sótano en una película de suspense. Qué tonta. Roman no iba a atacarla. El beso había sido una sorpresa, pero completamente mutuo. Ella le había dejado que la besara.

En parte estaba deseando que volviese a ocurrir y, tal vez, que fuese más allá. Pero en realidad ella no era así. No estaba desesperada ni iba a engañarse a sí misma pensando que había sido amor a primera vista.

Lo único que había era atracción.

Llegó a lo alto de las escaleras y se sintió como una ladrona. Tenía miedo de sorprenderlo en mal momento.

–¿Roman? –lo llamó.

Oyó un ruido, como si alguien estuviese golpeando un botón o algo así.

–Sí –respondió este desde su despacho.

–Me temo que voy a necesitar que llames un taxi –le dijo, avanzando–. No he traído el teléfono y...

Llegó a las puertas del despacho, que estaban abiertas, y lo vio delante de las pantallas. Se había cambiado de ropa, pero no se había puesto camisa, solo unos pantalones de lino que colgaban de sus caderas de manera muy sexy.

–E Ingrid y Huxley se acaban de marchar... –continuó, casi sin poder hablar, con la garganta seca.

Él se giró. Su pecho musculoso la hipnotizó y Melodie no entendió el motivo. Lo miró a los ojos e intentó comprender por qué la atraía tanto.

Roman tenía la vista clavada en el escote de la camisa y en el minúsculo bikini que había debajo.

Tragó saliva.

–¿Qué haces aquí, Melodie? –le preguntó en tono seco, pero erótico también.

–¿Qué quieres decir? –preguntó ella.

–Aquí, en mi casa –añadió él, saliendo a la terraza–. ¿Por qué estás aquí?

–Por la boda –respondió ella, nerviosa.

–Sé sincera conmigo.

–No te entiendo. Yo no había planeado esto –añadió, refiriéndose a la ropa que llevaba puesta.

Aquello no era una excusa para haberse quedado allí, ni para lanzarse a sus brazos. Aunque desease hacerlo...

–Yo no te he empujado –dijo él–. Ni siquiera te he tocado.

–Lo sé, pero es que estaba... nerviosa –balbució Melodie.

En esos momentos se sentía tan incómoda como junto a la piscina. Sabía que si Roman la tocaba, el efecto sería devastador.

–Nerviosa –repitió él, arqueando las cejas–. ¿Por qué?

Porque era una fuerza de la Naturaleza, no un hombre. Y porque su cuerpo reaccionaba ante él con una intensidad que la petrificaba.

–Eres diferente –comentó.

–¿Qué quieres decir?

Melodie se cruzó de brazos, molesta, pero las palabras de Ingrid retumbaron en su cabeza, se preguntó si Roman estaba sintiendo lo mismo que ella.

–Te encuentro atractivo –admitió, ruborizándose al instante.

–Ah, ¿sí?

Ella se dijo que estaba hablando como una mujer madura y que no tenía nada que perder porque no había invertido nada.

Al mismo tiempo, intentó ponerse en el lugar de Roman y comprender el motivo de su cinismo.

–Si piensas que pretendo coquetear contigo porque eres rico, no es cierto.

–¿Te parecería igual de atractivo si viviese en una caja de cartón? –replicó él.

Y ella pensó que era muy atractivo, como un dios griego, con aquellos músculos bronceados y aquella aura de superioridad que desprendía.

Estuvo a punto de decirle que había huido de muchos hombres ricos que habrían podido evitar que trabajase el resto de su vida, que despreciaba a aquella clase de hombres y que sentía lástima de las mujeres que los amaban...

Pero todo aquello estaba superado y en aquel momento lo importante eran ellos dos.

–Tal vez –respondió, encogiéndose de hombros.

Lo que había entre ambos era físico y Melodie tenía la sospecha de que lo habría sentido en cualquier otra circunstancia.

–Ni siquiera me conoces –le dijo Roman–. ¿Por qué...?

Se interrumpió y miró hacia el mar, en esos momentos la ira y la frustración superaban la atracción que sentía por ella. Se agarró a la barandilla e intentó retomar las riendas de la situación.

Pero su mirada volvió a Melodie, a su cuello esbelto y a los delicados huesos del escote, a la suave curva de sus pechos. El pelo mojado y ondulado le enmarcaba el rostro. Tenía la sensual inocencia de una doncella, y lo atraía como una irresistible sirena.

«Ven a mí».

Estaba ciego de deseo por ella y no podía pensar.

Había sido una suerte que Ingrid los interrumpiese. Roman estaba enfadado consigo mismo por haberla besado, por haberse dejado llevar. Nada más apartarse de ella, había intentado encontrar una explicación a su comportamiento, a su pérdida de control. Tal vez estuviese equivocado. Quizás no fuese la hija de Gautier. Tal vez su presencia allí no estuviese planeada.

Pero lo había revisado todo y estaba claro. La

madre de Melodie había estado apartada de la vida social durante años, pero su funeral había salido en toda la prensa. Y Melodie no solo había empezado con su negocio nada más enterrarla, sino que se había ganado el favor de una vieja amiga de la familia que, casualmente, era la madre de su secretaria. El momento no podía haber sido más oportuno. Lo mismo que el haberse caído a la piscina, teniendo que quedarse más tiempo en su casa, hasta que la ropa se secase. Era todo muy sospechoso.

Además, el día anterior se había enterado de que Gautier Enterprises estaba en una situación muy delicada. Y había recibido más fotografías de Melodie con su padre, todas con gesto estoico, en el entierro de su madre. Y entre bastidores se estaban haciendo sutiles maniobras. Estaban ofreciendo a sus clientes descuentos exorbitantes si se pasaban a Gautier. También estaban haciendo falsas promesas con respecto al funcionamiento del último producto de Gautier, y falsas advertencias acerca de los productos de Roman.

Unos segundos antes, había sentido odio al ver la fotografía de Melodie con su padre. Le enfadaba pensar que Melodie tuviese algo que ver con aquel hombre. Quería que fuese real, no un arma de su padre, ni un soldado dispuesto a atacarle.

Y se odiaba a sí mismo por ser susceptible a ella. Anton había conseguido engañarlo una vez y Melodie casi lo estaba consiguiendo también. Era intolerable.

No obstante, Roman sabía cuáles eran los puntos débiles de esta. Con solo tocar una tecla le había mandado un mensaje a Ingrid pidiéndole que la despidiese y, con tocar otra, la mandaría de vuelta a Virginia. El resto caería por su propio peso.

Todo eso, mientras Melodie continuaba mirándolo con aquellos ojos de Bambi y una sonrisa un tanto irreverente.

–¿Cómo sabes como son las mujeres que te atraen cuando las conoces? –le preguntó ella, haciéndolo volver al presente.

Tenía razón. Roman solía interesarse por cómo se llamaba una mujer cuando se sentía físicamente atraído por ella. Irónicamente, había averiguado más cosas de Melodie antes de besarla que de muchas otras mujeres con las que se había acostado.

La atracción que sentía por ella también era mucho más fuerte de lo normal. Según iban pasando los minutos, sentía más curiosidad. Y en esos momentos, a pesar de todo lo que sabía, a pesar de haber tomado ya medidas para estropear sus planes, no podía apartar la mirada de sus pechos, que subían y bajaban de manera fascinante.

La parte más básica de él quería volver a besarla, sentirla bajo su cuerpo, penetrarla y hacerla arder de pasión.

–Para mí también es complicado. No suelo besarme con extraños. No... –le dijo ella, apartando el rostro y mirando hacia el mar.

Toda ella era una tentación, tenía los pezones erguidos debajo del minúsculo bikini rojo, sus piernas eran interminables y Roman deseó meter la mano por debajo de aquella camisa. Se excitó solo de pensarlo.

–Me pregunto cómo puede uno llegar a conocer a otra persona, salvo pasando tiempo con ella –añadió Melodie, volviendo a mirarlo con seriedad y cautela.

Roman sacudió la cabeza, sorprendido con lo buena actriz que era y aliviado de que no fuese así de verdad, porque si no tendría que habérselo pensado mucho antes de tener una relación con una mujer tan polifacética y sincera. No le gustaban las relaciones a largo plazo, por eso tenía cuidado de con quién intimaba.

–Aunque si no es mutuo... –añadió ella.

Se acercó un par de pasos más y frunció el ceño.

Roman no se movió. ¿Cómo podía ser tan bella? ¿Cómo podía él sentirse así? No quería nada con ella, pero necesitaba entender por qué lo atraía tanto.

–¿Qué quieres realmente de mí, Melodie? –le preguntó en tono más mortífero.

–Solo... ¿Sinceridad? –le respondió, mirándolo de manera virginal y luchando por encontrar las palabras–. Que vuelvas a besarme, para ver si...

Se humedeció los labios y se quedó en silencio.

–Si quieres un beso, ven por él –respondió Roman a regañadientes, intentando fruncir el ceño y asegurándose a sí mismo que solo quería ver hasta dónde estaba dispuesta a llegar.

Dejaría que se acercase y después la rechazaría.

Pero los hechos no transcurrieron así.

Melodie se encogió un poco al absorber sus palabras, pero enseguida levantó la barbilla, como haciendo acopio de valor. Se acercó y abrió las manos para apoyarlas en su caja torácica. Todo el cuerpo de Roman reaccionó al instante. Era tan alta que con solo ponerse de puntillas estaba a la altura de sus labios.

Lo besó con suavidad. Él pensó que debía apartarse y decirle...

Pero la boca de Melodie hizo que separase los labios, probó su sabor y sacó la lengua instintivamente, devorándola con ansiase, penetrando en su boca como quería penetrar en su cuerpo. La abrazó con fuerza y tomó las riendas del beso.

Ella se abrió a él, se apretó contra él y suspiró, rindiéndose.

Todo pensamiento racional se evaporó con un gemido de deseo.

Capítulo 4

MELODIE solo había querido saber, eso era todo. Saber si Roman de verdad la hacía sentirse así. Saber si había algo especial entre ambos.

Pero enseguida había perdido el control de la situación. Había sido besarlo y dejar de pensar, solo había sido consciente de que era el primer hombre que la acariciaba así y que la hacía sentirse tan bien.

La reacción de su cuerpo fue digna de ser estudiada en biología, su piel se puso tan sensible que las caricias de Roman le resultaban casi abrasivas, pero excitantes al mismo tiempo. Notó el vello de su pecho a través de la fina camisa, sintió el calor de todo su cuerpo y, a pesar de que casi no podía soportar la conflagración, quiso estar todavía más cerca de él. Lo abrazó por el cuello y apretó el vientre contra el de él, la pelvis...

Estaba muy excitado.

Roman la agarró por el trasero y le mordisqueó el cuello, haciendo que le temblasen las rodillas y que se frotase contra su erección. Lo que Melodie sentía era mucho más que deseo, era necesidad, anhelo. Una experiencia completamente nueva. Jamás se había sentido tan superada por las sensaciones. Era increíble, no podía pensar, solo podía querer más.

Enterró los dedos en su pelo mientras él le acariciaba los pechos y la hacía gemir de placer. El sujetador del bikini se torció y Roman tomó sus pechos desnudos con las palmas de las manos, se los masajeó, le frotó los pezones e hizo que Melodie se excitase todavía más.

Una parte de ella se preguntó cómo podía estar ocurriendo aquello, pero a otra no le importó, solo quería que no terminase, que Roman siguiese acariciándola, jugando con sus pezones, excitándola.

Este le bajó la braguita del bikini y retrocedió para ver cómo caía al suelo, luego le acarició el interior de los muslos, subió al vientre, volvió a bajar...

–Ah –gimió ella.

Era la primera vez que su cuerpo respondía así. Quiso acariciarlo, llenarse las palmas con él, quiso excitarlo tanto como él la estaba excitando. Acarició su erección con la mano a través de los pantalones de lino y él se la apartó para poder desatárselos.

Los pantalones cayeron y él se los quitó y se quedó completamente desnudo. Estaba muy excitado. Melodie no había visto así a su primer amante y la imagen de Roman hizo que borrase el resto de recuerdos de su mente. La tenía fascinada.

No estaba asustada ni tenía dudas. Estaba convencida, excitada. El cuerpo de Roman parecía una estatua perfecta, formidable, increíblemente masculina.

Él la levantó del suelo y la puso a su altura mientras la besaba apasionadamente. Melodie lo abrazó por el cuello mientras Roman la llevaba hasta la cama, donde la tumbó y le separó las piernas antes de colocarse encima.

«Sí», pensó Melodie. No había otra palabra en su mente. Su cuerpo, todo su ser, quería sentir a Roman. Notó su erección entre las piernas y lo agarró por la cabeza, volvió a besarlo.

Entonces él retrocedió y negó con la cabeza.

—No he...

—No pares —le gritó ella, arqueando la espalda—. Por favor, Roman, por favor.

Él gimió y apretó la erección contra ella.

Había pasado mucho tiempo y la sensación fue... como Melodie siempre había querido que fuese. Se quedó quieta mientras Roman la penetraba, la llenaba.

Él volvió a gemir y le mordisqueó el cuello. Melodie se apretó contra él, rindiéndose completamente. Lo abrazó con las piernas y se dejó llevar por el momento.

Roman levantó la cabeza y la miró, sus ojos estaban turbios de pasión. De repente, algo le nubló la vista, como si se hubiese dado cuenta de que habían llegado allí demasiado deprisa.

A Melodie no le importó. Así tenía que ser: salvaje. Se humedeció los labios.

Él clavó la vista en su boca e inclinó la cabeza de nuevo.

Volvieron a perderse. Se besaron con pasión. Siguieron moviéndose mientras Melodie le acariciaba la espalda y levantaba las caderas para recibirlo.

Roman aceleró el ritmo de sus movimientos y la hizo gemir de placer con la sensación. Cuanto más se movía, más se olvidaba Melodie de la realidad. Solo le importaba estar allí.

Más. Más. Por favor.

El clímax se acercaba inmisericorde.

Los músculos internos de Melodie empezaron a sacudirse y ella lo agarró con fuerza mientras explotaba por dentro.

Roman gritó triunfante con el último empellón y su calor la invadió, prolongando el placer.

Estaban en armonía, unidos en cuerpo y alma. No era algo que le estuviese ocurriendo a ella o a él. Ambos formaban parte de la experiencia.

Dejaron los cuerpos muertos, sudorosos, temblando, y a Melodie se le llenaron los ojos de lágrimas por la emoción. Estaba tan sorprendida por lo que había hecho que casi no podía ni pensar en ello.

Había sido...

No tenía palabras.

Aquello era...

Roman se levantó de encima de Melodie y se puso torpemente en pie, tenía los brazos débiles y le temblaban las piernas. Tuvo que darse la media vuelta para evitar volver a caer en la tentación.

No había utilizado preservativo y eso lo enfadó. Nunca se le olvidaba, nunca perdía la cabeza. Le gustaba el sexo, pero siempre, siempre, utilizaba protección.

Había querido apartarse al notar la piel desnuda de Melodie contra su erección, pero ella le había rogado que volviese. Se había ofrecido a él con tal abandono que solo había podido pensar en hacerla suya.

La miró con cautela, sorprendido por cómo había conseguido traspasar todas sus barreras.

Melodie se tumbó de lado, con la camisa tapando su desnudez. Parpadeó de manera muy sensual y esbozó una sonrisa.

–Siempre había querido dejarme llevar por la pasión –le explicó.

Su tono lánguido fue como una caricia, una invitación. Melodie hacía que Roman quisiera estar con ella, olvidarse del mundo exterior y dejar que ella fuese todo lo que necesitase.

Ese debía de ser su plan. Seguro que había pretendido aturdirlo con sexo para conseguir que bajase la guardia y después poder vagar por la casa... ¿Para qué? ¿Para buscar en los archivos mientras él dormía?

Roman no había pretendido tocarla y se odió a sí mismo por haber sido tan débil. Un rato antes había estado a punto de bajar y decirle que se iba a vengar, pero Melodie había ido a buscarlo y lo había dejado aturdido con su seducción.

Y él sentía una mezcla de emociones: desprecio por ambos, furia, decepción, y una sensación de derrota que lo llevó de vuelta a una época en la que había estado completamente indefenso... Odiaba sentir todas aquellas cosas, sobre todo, odiaba sentirlas a la vez. Se obligó a encerrarse en sí mismo y se negó a dejarse llevar por el resplandor de Melodie. Las mujeres eran tan vulnerables después del sexo como durante el acto, pero Roman se cerró a aquello también.

Melodie debió de ver algo en su expresión porque se bajó un poco más la camisa.

–Tal vez para ti siempre sea así –murmuró avergonzada.

–Sí –mintió él, incapaz de asimilar el deseo que sentía por ella–. Sé quién eres y estás perdiendo el tiempo.

–¿Qué...? ¿Qué quieres decir? –le preguntó ella, sentándose, con el ceño fruncido.

–Charmaine Parnell-Gautier –dijo él en tono neutro–. Sé que tu padre y tu hermano te han enviado aquí, pero no se van a salir con la suya. Voy tres pasos por delante de vosotros.

Recogió la parte superior del bikini del suelo y lo dejó en la cama, cerca de sus rodillas.

–Va siendo hora de que te marches.

Melodie separó los labios y se puso tan pálida que Roman pensó, preocupado, que se iba a desmayar.

Pero enseguida recuperó la compostura, respiró hondo y puso la espalda recta.

–¿Piensas que me ha enviado mi padre? –preguntó.

–No lo pienso, lo sé.

–Pues te equivocas –replicó ella, mirándolo con reprobación–. En mi partida de nacimiento pone que Garner Gautier es mi padre, pero no tengo nada que ver con él.

Su expresión era de amargura.

–No me sorprende que tengas cuentas pendientes con él, compra amigos y hace enemigos, pero sea lo que sea lo que te haya hecho a ti, no tiene nada que ver conmigo.

Aquello lo sorprendió. Melodie sabía cómo salir de una situación complicada. Roman imaginó que debía sentirse más tranquilo al verla fingir que tenían un adversario en común.

–Lo que me hizo fue robarme el trabajo y hacer que perdiese mi casa. De no haber pasado la tarde de ayer viendo fotografías en las que apareces con tu padre, tal vez te habría creído.

Melodie puso gesto de repugnancia. Negó con la cabeza.

–Eso no es...

–Melodie –la interrumpió él con frialdad–. Me da igual lo que vayas a decir. Solo te estoy anunciando que tu idea de utilizar a mi secretaria para infiltrarte en mi casa ha fracasado.

–¡No me estoy infiltrando! Estoy planeando su boda...

–No. Ya no –le informó él, sintiéndose extrañamente vacío–. Le he pedido que te despida. Si Ingrid quiere celebrar la boda aquí, tendrá que buscarse a otra persona. A una que se dedique realmente a organizar bodas.

Melodie no podía creer lo que estaba oyendo. De repente, tenía miedo y estaba empezando a sentirse sucia y barata. Estaba medio desnuda, lo que le recordaba lo que acababan de hacer solo unos minutos antes.

Tomó las braguitas del bañador, se las metió por los pies y le dio la espalda a Roman para colocárselas.

Estaba tan sorprendida que casi no podía ni pensar. Lo único que sabía era que aquello tenía algo que ver con su padre y con Anton. Intentó recuperar la calma y el control de la situación.

Nunca se acostaba con extraños. No...

«Piensa, Melodie».

–No me puedes despedir –espetó–. Tengo un contrato.

Se colocó la parte alta del bikini por el escote.

–No intentes cobrar una tasa por cancelación –le advirtió él–. Si intentas recuperar los gastos de este viaje, o si te pones en contacto con Ingrid para intentar que cambie de opinión, te aseguro de que la cosa no quedará en un trabajo perdido y un desahucio. Ahora, márchate a casa, dile a tu padre que has fracasado y no vuelvas por aquí.

–Basta –insistió ella, girándose a mirarlo con una mano levantada–. Escúchame, Roman. No tengo nada que ver con mi padre ni con Anton. Que me despidas no les afectará lo más mínimo.

–Márchate –le dijo él.

–Ni siquiera van a enterarse –le aseguró ella, notando que se le quebraba la voz e intentando evitarlo–. Lo que estás haciendo solo me va a afectar a mí.

–Sois todos iguales.

Melodie empezó a comprender. Roman pensaba que era una especie de espía, que su padre y su hermano la habían enviado allí.

Casi no sabía a qué se dedicaba su hermano. Nunca lo había entendido. No era en absoluto un genio de la tecnología. En ese momento comprendió que le había robado el producto a Roman, y que, cómo no, su padre lo había protegido y se había beneficiado también.

–No sé cómo convencerte, pero te equivocas. Antes de continuar, espera un momento. Piensa lo que estás haciendo. Dame la oportunidad de explicarme.

–Ya está hecho –le contestó él.

Melodie tragó saliva, casi no podía respirar, no podía creerlo.

–Ya le has dicho a Ingrid...

–Antes de que subieses ya le había enviado un correo electrónico.

Ella negó con la cabeza, consciente de la importancia de perder aquel contrato.

–No puedes hacerlo –insistió, aturdida–. Me estás destrozando la vida.

–Pues cuéntale a tu padre cómo se siente uno.

Melodie supo que no la creería aunque le repitiese que no tenía relación con su padre. Así que no merecía la pena repetirlo. Si había aprendido algo gracias a su padre era que había personas malas en el mundo. Y que lo mejor que se podía hacer con ellas era mitigar los daños.

¿Cuáles eran exactamente los daños?

–¿Qué...? ¿Qué has dicho de un desahucio?

Él se cruzó de brazos.

–He hecho una oferta al dueño de tu edificio, una oferta que no podrá rechazar. La única condición es que tu apartamento quede libre inmediatamente.

Melodie cerró los puños.

–No puedes hacer eso.

–Mientras hablamos, están sacando tus cosas de allí –añadió Roman sin inmutarse.

–¿Y adónde las llevan? –gritó ella.

–¿Al vertedero más cercano? –dijo él, encogiéndose de hombros.

–Eres... –empezó Melodie–. Vas a tirar a mi madre a un vertedero. ¿Es eso lo que me estás diciendo? ¿Qué clase de hombre eres? Hay leyes.

Él arqueó las cejas, fue el primer signo de emoción desde que habían empezado a hablar.

–¿Qué quieres decir?

–Que las cenizas de mi madre están en mi apartamento. No puedes tirarlas así. Ni siquiera puedes...

Los ojos se le llenaron de lágrimas y se las limpió, furiosa por venirse abajo. Aquella era la gota que colmaba el vaso. No era la primera vez que perdía cosas, que empezaba de cero, que no tenía dónde vivir... Eran problemas que ya había superado antes, pero la idea de perder las cenizas de su madre la superaba. Pensó en todas las horas que tardaría en llegar a Virginia para intentar salvarla

–Haré una llamada –le dijo él.

Porque la operación ya estaba en marcha.

Melodie se dio cuenta de que Roman había gestionado todo aquello el día anterior, mucho antes de haberla besado por primera vez. La había llevado a la cama movido por el odio y la sed de venganza.

Aquello era repulsivo.

–Voy –le aseguró Roman, mirando a su alrededor como si estuviese buscando el teléfono más cercano.

–Vas a hacer una llamada –comentó ella, casi histérica–. Qué amante tan considerado.

–¿Quieres que llame o no? –le preguntó él en tono de advertencia.

Melodie habría podido matarlo con sus propias

manos y él debió de darse cuenta, porque se puso tenso, alerta. Ella se dijo que lo principal era salvar las cenizas de su madre. Aunque lo que quisiese en esos momentos fuese hacerle daño a él.

«No», le susurró una voz en su interior. «No seas como ellos».

–No confío en ti –le dijo con voz temblorosa–. Yo haré esa llamada. Yo la salvaré. Soy la única que lo ha hecho siempre. Si volví allí fue por ella. Juré que jamás volvería a pisar esa casa, pero mi padre no iba a permitir que me quedase las cenizas a no ser que organizase un funeral de Estado y le diese esas malditas fotos que para ti prueban que estoy aquí en su nombre. ¿Piensas que eres el único al que han hecho daño, Roman? No seas tan arrogante. ¡No eres tan especial!

Se dio la media vuelta, hacia la puerta.

–Melodie –la llamó él–. Llamaré para asegurarme...

–Mis amigos me llaman Melodie. Tú puedes llamarme Charmaine, como ellos. Porque eres igual que ellos.

Atravesó el interior de la casa, corrió por el recibidor sin ver por donde pisaba y salió por la puerta principal.

Volvió a oír su nombre, pero no miró atrás. Las piedras de la terraza estaban calientes, le quemaron las plantas de los pies, pero ella casi no lo sintió. Solo podía pensar en alejarse de él. Tenía que ir por su madre.

Capítulo 5

TRES SEMANAS más tarde, Roman estaba en Nueva York, todavía consciente de todo lo ocurrido con Melodie. No podía dejar de pensar en sus últimas palabras: «Eres igual que ellos».

Al principio había pensado que Melodie solo había querido distorsionar las cosas al ver que sus planes se frustraban. En esos primeros momentos, Roman no había sentido lástima por ella, estaba demasiado enfadado consigo mismo como para comprender que podía estar equivocado.

Sin embargo, el tema de las cenizas de su madre lo había incomodado. Él no tenía nada de su madre, salvo algún recuerdo vago de una mujer rota y vencida, que le prometía que volvería por él. Teniendo en cuenta cómo había intentado su madre darle la vuelta a su vida, Roman se había sentido doblemente engañado cuando había fallecido antes de recuperar su custodia. Y el hecho de que solo le hubiesen informado de su muerte semanas después había sido todavía más hiriente.

Intentó apartar aquellos dolorosos recuerdos de su mente, frustrado por no poder concentrarse en el trabajo, que siempre había sido su válvula de escape. En esos momentos la necesitaba más que nunca.

No obstante, se puso en pie y se apartó del escritorio para mirar hacia Central Park. Al menos, sus planes de desahucio no habían puesto las cenizas en peligro. Tal y como Melodie había señalado, había leyes. Y él no podía deshacerse de sus objetos personales sin un preaviso de treinta días. Así que Melodie había llegado a casa y había recogido todo en unos días, según el administrador de la finca. Las cenizas de su madre no habían corrido peligro.

Doce años antes lo habían echado a él de casa, por la noche, haciendo que lo perdiese todo. Habían cambiado las cerraduras mientras él iba en autoestop de Virginia a Nueva York, con las costillas rotas y los ojos morados tras haberse enfrentado al padre de Anton en el despacho de este. De todo lo que había perdido, solo le había importado el ordenador. Habían querido ponerle obstáculos, literalmente desarmarlo, y lo habían conseguido.

Roman no se había atrevido a ir a la policía. Garner lo había amenazado con denunciarlo. Él ya había tenido problemas con la ley en una ocasión y no tenía dinero para contratar a un abogado, ni tiempo para que se hiciese justicia. Su meta había sido sobrevivir.

En la calle, había entendido lo que su madre había tenido que sufrir, y así había logrado no solo comprenderla y perdonarla, sino que incluso había considerado prostituirse también. La tentación de vender sus habilidades al postor más alto había sido muy grande, el trabajo honesto no estaba bien pagado.

Sin saber cómo, había llegado hasta casa de Charles, el especialista en seguridad que lo había ayudado años atrás. No lo había encontrado allí. Su esposa, Brenda, le había contado que estaba en una residencia porque sufría demencia, pero le había dejado entrar.

Hasta entonces, debido a que se había criado en casas de acogida, Roman nunca había creído en la amistad, ni en la amabilidad o la lealtad. Había pensado que era normal que las personas se utilizasen las unas a las otras. La vida era así.

Pero la esposa de Charles le había dejado entrar en casa solo porque su marido siempre había hablado con cariño de él, y Roman había empezado a comprender lo que una persona podía significar para otra. No se había aprovechado de ella. No, había cargado con su cruz, se había instalado en el garaje y había intentado ayudarla todas las semanas con algo de dinero para la compra y el alquiler.

Brenda no había necesitado su dinero. Si bien no era rica, había vivido cómodamente. Sus hijos eran mayores, pero los veía con frecuencia, así que tampoco estaba sola. La casa tenía alarma y estaba en un buen barrio, así que no había necesitado su protección. No había tenido la obligación legal de ayudarlo.

Lo había hecho porque tenía un buen corazón.

Eso lo había desconcertado.

Roman todavía no sabía qué habría hecho si Brenda no lo hubiese acogido, si no hubiese escuchado su historia y la hubiese creído.

Él no le había permitido que fuese demasiado

maternal. Siempre había desconfiado de los extraños. No había querido darse cuenta de lo que se había perdido al no tener a su propia madre. Tener padres, unos buenos padres, era un lujo.

Así que la idea de que hubiesen podido tirar a un vertedero las cenizas de la madre de Melodie seguía incomodándolo, aunque al final no les hubiese ocurrido nada horrible.

Las palabras de Melodie acerca de cómo había conseguido aquellas cenizas habían cambiado las ideas preconcebidas que Roman había tenido de ella. Por eso había necesitado saber más. Durante los siguientes días había realizado llamadas, para empezar, había hablado con el administrador de la finca en la que había vivido Melodie.

Al parecer, esta pagaba siempre su alquiler, llevaba una vida tranquila y se ocupaba ella misma de las averías de poca importancia. De hecho, hasta el reciente fallecimiento de su madre, había pasado la mayor parte del tiempo fuera de casa, trabajando o haciendo compañía a su madre en la clínica.

Al investigar su situación económica, Roman había averiguado que llevaba años viviendo de manera sencilla. Sus ingresos eran bajos, sobre todo, teniendo en cuenta que era la hija de un senador que recibía dividendos de una empresa de software internacional. Durante seis años, Melodie había trabajado a tiempo parcial, por muy poco dinero, y solo se había endeudado para pagar los gastos médicos de su madre y, más tarde, para empezar con su negocio como organizadora de bodas.

Roman también había hablado con la madre de

Ingrid, que le había hablado más de la madre de Melodie que de esta, pero le había abierto los ojos. En la universidad, Patience Parnell había sido una chica frágil, que lloraba y se deprimía con facilidad. Había dejado de estudiar para trabajar de modelo y después había abandonado esta carrera para casarse con un viudo rico con la expectativa de quedarse en casa y ayudarlo a criar a su hijo. En su lugar, su marido la había tratado como a un trofeo. Sus exigencias habían sido demasiado para ella, que nunca se había recuperado de la depresión postparto que había sufrido después de haber tenido a Melodie. Seis años antes la habían ingresado en un manicomio para salir poco después.

Entonces le habían diagnosticado el cáncer de mama, pero Patience se había negado a recibir tratamiento.

Cada vez que pensaba en todo aquello, Roman veía a Melodie con aquella camisa tan ridícula. Su angustia había sido real cuando había pensado que iba a perder las cenizas de su madre.

Hasta ese momento, había mantenido la compostura.

Pero él había estado tan convencido de que estaba allí para atacarlo que se había negado a escucharla. La había malinterpretado al ver que no se rompía.

Su fuerza había hecho que Roman la viese como a un adversario, pero en esos momentos solo podía pensar en cómo sería poner toda la energía en luchar por alguien, por una madre, y perderla porque esta no quería vivir.

Tragó saliva y se metió los puños en los bolsillos. Sus nudillos chocaron con las perlas que, a
esas alturas, ya tenía que haberle devuelto a Melodie. Había pensado que lo llamaría ella, pero ¿cómo
iba a querer hablar con él?

Aunque pensó que lo haría si tuviese un buen
motivo.

No podía dejar de pensar que no habían utilizado
preservativo.

Él era un hombre de lógica, que no creía en ceder
a los sentimientos. Todavía no podía entender por
qué lo había hecho, sobre todo, con la imagen que
había tenido entonces de Melodie.

Aquella había sido la experiencia sexual más
profunda de su vida.

¿Lo habría sido para ella también? ¿Habría sido
real la atracción entre ambos? Todo su cuerpo se
puso tenso y se le entrecortó la respiración al recordar cómo habían estado juntos. No obstante, la pregunta que no podía dejar de hacerse era si Melodie
estaría embarazada.

Los pobres no podían elegir. Era una verdad con
la que Melodie había aprendido a vivir seis años antes, cuando había vuelto a casa y había descubierto
que su padre había metido a su madre en un hospital
del que no podía salir.

«Es una vergüenza», le había dicho este.

Melodie le había replicado que la vergüenza era
él. Después habían seguido discutiendo y ella había
terminado con la mejilla colorada, la cabeza y el

hombro doloridos, y suplicándole a su padre que le diese permiso para ver a su madre. Este le había obligado a guardar silencio acerca de su comportamiento violento si quería que hiciese la tan preciada llamada.

Ella había aceptado el trato y se había marchado a casa de una amiga para no volver nunca jamás. Su vida privilegiada se había terminado allí y había aprendido por las malas cómo llegar a fin de mes aceptando cualquier trabajo para poder sobrevivir.

Cualquier trabajo, menos uno, por supuesto. Y en aquellos momentos iba a tener que tragarse su orgullo. Le habían ofrecido un contrato fijo en el equipo de campaña de un político, de chica de los recados.

Pero estaba mejor pagado que un trabajo administrativo cualquiera.

Y el deseo de su madre de que echase sus cenizas al Sena cada vez le pesaba más.

Así que, muy a su pesar, se vistió con una falda de tweed, un jersey de cuello alto negro y una chaqueta, se recogió el pelo en un moño y salió de su apartamento mucho antes de lo necesario para no llegar tarde a la entrevista ni aunque perdiese el primer autobús.

El edificio en el que vivía era antiguo, deteriorado y olía a moho, pero el precio era bueno y la cerradura funcionaba.

Mientras bajaba las escaleras se dijo que tenía que dar gracias por todo lo que tenía. Después de toda una vida viendo cómo su madre luchaba contra los pensamientos negativos y la depresión, Melodie había aprendido a no pasar el tiempo lamentándose y pensando en lo que podría haber sido. Aceptaba sus circunstancias e intentaba ir a mejor, segura de que, antes o después, conseguiría lo que quería. Aquel apartamento y un trabajo que no quería no eran más que una fase más del proceso.

Aquella sería la última vez que empezaba de cero, y dio gracias de que su madre no estuviese allí para verla así.

Pensó en su madre, en las perlas, en Francia.

Se llevó la mano al cuello y no encontró el collar, y se le hizo un nudo en el estómago.

Intentó no pensar en Francia, pero no había podido sacarse a Roman de la cabeza.

Y toda la culpa había sido suya y de sus ideales. Siempre había querido creer que era posible tener una relación sentimental profunda con alguien a pesar del ejemplo de sus padres.

Ingrid y Huxley le habían dado la razón. De vez en cuando se encontraba con alguna pareja que le daba esperanzas, parejas que se comunicaban con la mirada, que se hablaban de manera cariñosa.

Y si había sobrevivido a los años malos había sido prometiéndose a sí misma que el amor verdadero, real, llegaría algún día.

Pero en lo relativo a Roman había confundido una atracción sexual con algo más profundo. Había pasado un mes desde su extraño encuentro con Roman y era consciente de lo susceptible que había estado aquel día. Ver a Ingrid tan feliz había hecho que ella se impacientase por encontrar a un compañero de por vida y había visto una posibilidad de futuro en el beso de un hombre superficialmente atractivo.

Decidió que tendría que esperar a que su economía y su corazón se hubiesen recuperado antes de tener una relación. Llegó a la planta baja convencida de que era capaz de enfrentarse a los retos que se le pusiesen por delante. Aceptaría aquel trabajo y reconstruiría su vida.

Atravesó la entrada y empujó la puerta de cristal.

Pero había un hombre bloqueándole la salida. Llevaba puesto un traje y un abrigo. Su pelo oscuro brillaba con la lluvia. Estaba recién afeitado y sus ojos verdes resplandecían como los de un dragón. Era muy guapo.

Era Roman Killian.

Melodie seguía viviendo en Virginia, pero se había mudado a Richmond.

Nada más enterarse, Roman había comprado un billete de avión. El edificio era viejo y olía a humedad, pero él casi no se fijó en lo que lo rodeaba. Estaba demasiado ocupado mirándola a ella.

La vio... delgada y eso lo preocupó al pensar en lo que podía significar si estaba embarazada. Iba maquillada, pero estaba muy pálida. Separó los labios, sorprendida, al verlo. Y lo que tenía en la mano se le cayó al suelo.

Era el bolso, pero Roman se inclinó a recogerlo.

Melodie lo tomó antes de que él pudiera hacerlo y después se puso muy recta y lo miró fijamente.

Fue un momento muy extraño. En realidad era ella la que vivía en un edificio antiguo de un barrio modesto de la ciudad. Él estaba entre los hombres más ricos del mundo. Llevaba un traje hecho a medida, una bufanda de seda.

No obstante, Melodie lo miraba como por encima del hombro, como si fuese una dama de la alta sociedad. Y lo era.

Roman se arrodilló como un plebeyo. También lo era.

La miró a los ojos mientras se incorporaba, negándose a ser inferior. Ya no. Le había costado demasiado llegar adonde estaba.

Contuvo las ganas de sonreír al ponerse a su altura. Se le había olvidado que era muy alta. Melodie levantó la barbilla, siguió en silencio.

Y Roman sintió la misma fascinación que en Francia. Se sintió atrapado. La atracción fue todavía más fuerte. Ya sabía cómo era besarla y acariciarla, poseerla y descargar en su interior. El poder que tenía sobre él era inquietante.

–¿Qué estás haciendo aquí? –le preguntó.

La dulzura de su voz hizo que Roman desease relajarse.

–Tenemos que hablar.

–Estoy ocupada –dijo ella, intentando pasar–. Tengo una entrevista.

Roman alargó la mano y Melodie se detuvo para no tocarlo. Su aversión le dolió.

–Tengo que tomar el autobús –añadió muy tensa.

–Tus perlas están en el coche –le informó él–. Te llevaré adonde haga falta.

–¿Las perlas de mamá? –le preguntó Melodie–. ¿Por qué no las has traído directamente?

–Te he visto por la ventana cuando estaba saliendo, y he pensado...

Que se le podía escapar si se entretenía.

–No tenemos nada que decirnos, Roman –le advirtió ella–. Ve por ellas y dámelas. Me gustaría recuperarlas.

–Tenemos que hablar –repitió él–. No utilicé protección aquel día.

Ella se quedó pálida, boquiabierta.

–¡No estoy embarazada! –exclamó.

Alguien abrió una puerta al otro lado del recibidor y ella se sintió avergonzada.

–¿Estás segura? –la retó Roman.

–Por supuesto que sí, pero me sorprende que hayas venido hasta aquí para preguntármelo. Pensé que no habías tenido cuidado a propósito, que te daba igual arruinar la vida de una mujer dejándola embarazada.

–Jamás haría eso –contestó él, ofendido–. Jamás. Sé demasiado bien lo que es ser un niño no deseado. He venido a hacerme cargo de mi hijo si es necesario. ¿Lo es?

–No –insistió Melodie, obligándose a mirarlo a los ojos por difícil que fuese.

Estaba diciéndole la verdad, pero no quería ver su sinceridad ni su empatía y comprenderlo. Solo quería olvidarse de él y del error que habían cometido.

Pero le afectó verlo allí, que le hiciese aquella pregunta. Se había sentido aliviada al comprobar que no estaba embarazada aunque también, por un instante, había soñado con estarlo. Un bebé habría sido un desastre, pero habría sido su familia. Familia de verdad.

Alargó la mano y dijo:

—¿Me puedes dar el collar de mi madre?

—Seguro que no hay bebé.

—Seguro.

Roman asimiló la noticia con expresión estoica y después le sujetó la puerta para que Melodie pasase.

Esta pensó que era muy guapo, apretó los dientes y lo siguió hasta la limusina que esperaba fuera.

Roman le abrió la puerta él mismo.

—¿A qué dirección vas?

—No me hagas favores, Roman. Solo quiero el collar y me marcharé.

—¿Rechazas mi ayuda porque me guardas rencor?

—Intento proteger el poco amor propio que me queda —replicó ella—. ¿Las perlas?

—Están aquí. Entra. Quiero decirte algo más.

—Como me dijiste tú a mí, me da igual lo que vayas a decir.

En un gesto arrogante y paciente al mismo tiempo, Roman se abrochó un botón más del abrigo y esperó.

—No me las vas a dar, ¿verdad? Quieres que llegue tarde a la entrevista. Mira a tu alrededor. Que

me despidieran no afectó lo más mínimo a mi padre
–le recriminó.

–Sé que me equivoqué contigo –admitió él–,
pero tu padre y tu hermano siempre han estado contra mí, y no tenía por qué saber que llevas años sin
vivir con ellos. Las fotos del funeral insinuaban
todo lo contrario.

–Lo sé –consintió Melodie con la misma impaciencia, aquello podía entenderlo y casi perdonarlo–.
No me cuesta ningún esfuerzo creer que te robaron.

Roman arqueó las cejas.

–Pues no todo el mundo aceptaría mi palabra.

–Anton ni siquiera es capaz de escribir un correo
electrónico él solo, mucho menos crear una empresa tecnológica. Siempre me había preguntado
cómo lo había conseguido. Y sé bien lo bajo que
pueden llegar a caer.

–Pues sube al coche –le pidió Roman.

–No.

–¿Se puede saber por qué no?

–¡Porque no confío en ti!

–No te voy a tocar. No pretendía acostarme contigo aquel día.

–Vaya, qué curioso –dijo Melodie, sintiéndose
avergonzada.

–Es la verdad –le aseguró Roman.

Ella apartó la mirada porque no quería intentar
descifrar si le estaban diciendo la verdad. No quería
escuchar sus excusas y bajar la guardia. En realidad,
no desconfiaba de él, sino de sí misma.

Tenía que haberse olvidado de Roman como lo
había hecho de su padre y de Anton. Roman no sig-

nificaba nada para ella. Menos que nada. Pero lo cierto era que no podía sacárselo de la cabeza.

Tragó saliva e intentó no recordar lo que había compartido con él.

De todos modos, sintió calor.

—Me acosté contigo a pesar de quién eras, no por quién eras —gruñó Roman.

—Y bajaste mucho el listón al hacerlo, ¿verdad? —replicó ella, sintiéndose insultada—. Al menos cuando pensaba que me habías seducido por venganza, era algo personal. Sinceramente, no pensé que podría sentirme todavía peor que aquel día. Gracias, Roman. Eres un verdadero hombre.

—Me estás convirtiendo en un ser mucho peor del que soy en realidad.

Ella lo miró, sorprendida.

—Aquel día, no me hiciste el amor, sino el odio —lo acusó ella—. Yo al menos te respetaba hasta que empezaste a destrozarme la vida.

—¿Puedes entrar en el maldito coche?

Melodie se dio cuenta de que los viandantes se quedaban mirándolos. Escuchándolos.

Estaba helada de frío y del interior del coche salía aire caliente, así que entró.

Él la siguió y cerró la puerta, cambió la dirección del aire para que le diese directamente a ella.

Melodie no le dio las gracias a pesar del frío. Tomó la caja que tenía su nombre y sacó el collar de su madre. Se lo llevó a los labios.

—Solo quería hacerte lo que ellos me habían hecho a mí, es decir, interrumpir tu carrera y dejarte con facturas que pagar —le dijo Roman.

Ella bajó las manos.

—Pero, casualmente, te acostaste conmigo a pesar de que me odiabas —lo acusó acaloradamente.

—Sí.

—Para humillarme.

—Pensé que estabas coqueteando conmigo porque te lo habían pedido ellos. Pensé que me querías engañar para quedarte en mi casa. Y dejé que te acercaras con la intención de rechazarte.

—Pero seguiste adelante. No entiendo cómo las personas como tú podéis dormir por las noches, eso es lo que no entiendo.

—No me metas en el mismo saco que a ellos, Melodie —replicó Roman enfadado—. Ellos no te habrían buscado para preguntarte si había habido consecuencias. No soy como ellos. Puedo admitir que no soy un hombre bueno, pero tampoco soy tan inmoral como ellos.

Melodie se dio cuenta de que Roman no soportaba que lo considerase tan ruin como a los Gautier y eso hizo que se sintiese mal.

—Lo de acostarme contigo solo ocurrió —murmuró él.

—Porque yo me lancé a tus brazos —añadió ella, sintiendo que se le llenaban los ojos de lágrimas—. Y no pudiste resistirte.

«Brazos de araña. Fea», recordó que la insultaba Anton. Y las lágrimas corrieron por sus mejillas.

—Sí.

Odió a Roman en ese momento. Lo odió de verdad. Porque no se estaba comportando de manera encantadora, manipuladora. No parecía resentido, sino tan confundido por su reacción como ella por la suya. Parecía estar diciendo la verdad, pero Melodie estaba convencida de que mentía.

–Sé que no soy guapa. Como mucho, resultona –admitió–. Estoy segura de que no soy el tipo de mujer que te atrae. Solo querías hacerme daño, y lo conseguiste.

–No he venido a hacerte más daño –respondió Roman–. No puedo retroceder en el tiempo. Si pudiese...

¿No se habría acostado con ella? A Melodie se le encogió el corazón solo de pensarlo.

Luego se aseguró que ella tampoco volvería a hacerlo a pesar de lo mucho que le había gustado la experiencia.

–Aquel día me dijiste que te sentías atraída por mí –le recordó Roman.

–No hace falta que me lo eches en cara –gimió ella, dolida por la burla.

–Yo también me sentí atraído por ti. Tanto que no lo pude controlar. Por eso me acosté contigo, no por sed de venganza ni para humillarte.

Melodie tragó saliva, no podía creerlo.

–No fue un flechazo, Roman. Vi cómo me mirabas el día que llegué. Yo no te interesaba.

Se giró hacia la ventanilla para evitar que aumentasen sus esperanzas. ¿Tan poco amor propio tenía?

Suspiró y se dio cuenta de que estaba apretando con fuerza las perlas de su madre. Ya se le habían calentado las manos y se llevó el collar al cuello.

Roman invadió su espacio y le rozó la mano.

Ella soltó las perlas y dejó que se las pusiese él. Sus pezones se irguieron bajo la ropa y sintió calor en el vientre.

Pero Roman se apartó nada más abrocharle el collar. La miró fijamente.

–Yo también lo siento. Tenemos mucha química.

–No sé a qué te refieres –respondió ella, sacudiendo la cabeza.

Si no hubiese habido tanto tráfico, se habría bajado de la limusina por su puerta.

–Necesito ir a la entrevista de trabajo. Déjame salir.

–No empieces a mentirme ahora que estamos empezando a aclarar las cosas, Melodie –le dijo él sin moverse.

–Mira –respondió ella con el corazón acelerado–. Sé que te di la impresión de que era una chica fácil, pero no lo soy. No empieces con tus juegos.

–Juegos –repitió Roman riendo–. ¿Acaso te seduje yo aquel día? Me besaste tú.

–¡No me lo recuerdes!

–Te lo voy a recordar e incluso voy a ser sincero y voy admitir que aquel día te mentí. Te dije que para mí las relaciones sexuales siempre eran así, pero ¿quién tiene un encuentro así en toda su vida?

Melodie lo miró a los ojos. Lo tenía muy cerca y estaba mirando sus labios.

El corazón se le aceleró y sintió calor por todo el cuerpo. El deseo le nubló la mirada.

Y, sin poder evitarlo, miró también su boca. En sus sueños, aquella boca la besaba. Y siempre despertaba preguntándose si de verdad había sido tan bueno.

Separó los labios al ver que él se acercaba.

La besó y sintió un alivio inmediato. Roman le acarició el rostro con ternura y ella se dejó querer.

Le devolvió el beso y se olvidó de todo, salvo de que le saciaba un enorme anhelo. No había palabras, solo un ansia que ambos compartían y que iba creciendo con sus besos. Roman la abrumó con su abrazo.

Melodie gimió, el placer explotó en ella como una supernova. Arqueó la espalda para apretarse más contra él.

El abrazo de Roman se estrechó, colocándola en su regazo.

El cambio de postura hizo que Melodie se diese cuenta de dónde estaba, sentada a horcajadas sobre él, con la falda levantada. Estaba volviendo a perder el contacto con la realidad.

Y después, ¿qué?

–No puede ser –gimió.

Se apartó de él y se sentó lejos, fulminándolo con la mirada. Se sentía como un ratón que hubiese conseguido liberarse de las fauces de un gato, pero solo hasta que este quisiese volver a atraparla.

–No, aquí no. Ven al hotel conmigo –la tentó Roman.

–¿Para qué?

–No seas tonta, cuando estamos juntos es increíble. Tú lo sientes igual que yo.

–Has perfeccionado mucho la técnica, ¿verdad? –espetó ella–. Escúchame, tal vez tú seas capaz de acostarte con personas a las que detestas, pero yo no.

Roman echó la cabeza hacia atrás.

Y ella se sintió mal. En realidad no lo odiaba. Era demasiado empática y comprensiva como para ser capaz de odiarlo.

—Entonces, eso es todo, ¿no? —dijo él, saliendo del coche y sujetándole la puerta.

El viento helado la golpeó al salir del calor del coche al frío invierno.

—Adiós, Roman —se despidió, sintiéndose como si estuviese perdiendo algo tan valioso como las perlas de su madre.

—Melodie.

No le dijo adiós, pero su tono de voz la entristeció. Se cerró la chaqueta y caminó hasta la parada del autobús como si le pesasen mucho los pies.

Capítulo 6

ROMAN volvió a su casa de Francia, su exilio personal, donde podía reflexionar, pero al llegar allí todo le recordaba a Melodie.

No tenía que haber ido a buscarla. No lo habría hecho de no haber pensado que podía estar embarazada, pero no había querido que otro niño creciese como lo había hecho él, no únicamente pobre y solo, sino con un millón de preguntas y de sentimientos de rechazo en su interior. La única ocasión que le había preguntado a su madre acerca de su padre esta le había contestado:

—Era un hombre rico que decía que me quería, pero supongo que en realidad no me quería, porque no volvió.

Él también era un hombre rico, pero tenía cuidado de no decir a ninguna mujer esas palabras para no dar falsas esperanzas. Siempre había odiado a su padre porque había sido un mentiroso, pero al mismo tiempo tenía miedo de ser como él, de ser incapaz de amar de verdad. Sabía que no era especialmente agradable. Las casas de acogida le habían enseñado a guardar las distancias, a ser cauto y a no esperar que nadie lo considerase nada más que una carga. Por eso no tenía nunca relaciones serias ni amigos íntimos.

Pero tampoco solía provocar odio en nadie. Y le molestaba que Melodie lo sintiese. No tenía que haberla besado, lo sabía, pero la atracción entre ambos seguía allí.

Melodie había respondido a sus caricias, pero lo detestaba lo suficiente como para no querer ir más allá. Mientras que él solo podía pensar en volver a tocarla.

Aquello lo estaba volviendo loco, pero había llegado el momento de olvidarla y continuar con su vida.

Melodie siempre leía su horóscopo, confiaba en el karma y tenía la esperanza de que el destino tuviese realmente un plan para ella. Por el bien de su salud mental, se aferraba a la idea de que a las personas buenas les pasaban cosas buenas. Los Gautier eran los reyes del cinismo, pero ella era diferente. Y no iba a derrumbarse bajo la fuerza del lado oscuro, como había hecho su madre. Lucharía y sobreviviría.

Pero entonces había aparecido Roman Killian, que no solo le había demostrado que no podía confiar en su instinto, sino que le había provocado amargura y pesimismo.

Ella no era así, pero no podía evitar sentirse deprimida. Su única esperanza de recuperación estaba en poder esparcir las cenizas de su madre en el Sena. Ese era el motivo por el que había aceptado el trabajo en el equipo de campaña de Trenton Sadler.

Y, dado que el destino tenía un extraño sentido del humor, eso significaba tener que volver a ver a Roman Killian.

Tal vez fuese una casualidad. Melodie se estaba moviendo por círculos más altos en los últimos días, estaba viajando, y por fin había visto Nueva York, aunque fuese solo desde la ventana del hotel. Su nuevo jefe buscaba contactos en las empresas y quería que lo viesen codeándose con activistas de grupos de presión y con grupos de interés especial.

Era idéntico a su padre y ella había sentido que llegaba a un pacto con Satán al firmar el contrato. Trenton Sadler no sabía que era hija de un senador, pensaba que era una chica con talento a la que había rescatado de una agencia de trabajo temporal, una chica a la que se le daba bien organizar eventos, pero Melodie estaba utilizando todo lo que había aprendido con su padre y Trenton la adoraba por ello.

Ella, por su parte, no sentía el menor cariño por él y odiaba el trabajo porque solo tenía que ver con los intereses de un partido político y no con las necesidades de la gente, pero se le daba bien y el salario era más que correcto. Y Trenton le había prometido una prima si conseguía el nombramiento que quería. Con eso, Melodie podría pagar el crédito que tenía con el banco y viajar a París.

Ese era el motivo por el que estaba viviendo con solo una maleta con el resto del equipo de Trenton, alquilando vestidos de noche negros y dando la mano a todo el mundo con una sonrisa. Esa noche no estaba segura de si estaban comprando o vendiendo, de si era un acto para recoger fondos, una fiesta benéfica o una inauguración. Lo único que sabía era que estaba en otro salón de hotel. Estaba pensando que había cerrado el círculo y que no estaba consiguiendo nada en la vida cuando lo vio.

Se le aceleró el corazón.

Roman Killian tenía la habilidad de ir siempre perfecto, así que Melodie solo se fijo en su esplendor. Tenía la cabeza inclinada hacia una bella rubia que estaba a su lado, pero, de repente, la levantó y buscó con la mirada por todo el salón.

La rubia siguió hablando, pero él no parecía escucharla. Su rostro se giró lentamente hasta donde estaba Melodie, como si estuviese estudiando todos los rostro hasta...

Se detuvo al llegar a ella.

Melodie estuvo a punto de retroceder. Todo su cuerpo se quedó inmóvil, salvo el corazón, que galopaba como un caballo desbocado. La expresión de Roman era indescifrable.

—¿Quién es ese? —preguntó Trenton, que estaba a su lado, haciéndola volver a la realidad.

—Roman Killian —respondió ella con la garganta seca, aturdida.

Roman miró a Trenton y otra vez a ella, y después prestó atención a la rubia.

—¿De Tech-Sec Industries? —preguntó Trenton—. ¿Cómo no me habías dicho que tenías un contacto así?

—En realidad solo hemos coincidido una vez. Dos. No somos amigos —afirmó.

–¿Estás segura? –preguntó él, mirándola con interés.

Había empezado a mirarla así en ese viaje. Era la única mujer que viajaba con el grupo y eso había parecido convertirla en un objetivo a pesar de que Trenton estaba casado.

–Estoy segura –insistió–. Quizás sea mejor que me marche, para no convertirme en un lastre.

–No –respondió Trenton, mirando a Roman pensativo–. Preséntanos. Sé todo lo simpática que tengas que ser para conseguir que se ponga de mi parte. Quiero su apoyo.

«Uno no siempre consigue lo que quiere», deseó poder contestarle ella.

–No estaba en la lista –le recordó a su jefe.

De hecho, si hubiese sabido que iba a acudir, habría encontrado una excusa para no estar ella. Repasó mentalmente la lista de invitados a la fiesta y recordó que había en ella una actriz sueca. Roman debía de ser su acompañante. Y ella no sabía por qué, pero no quería acercarse lo suficiente como para poder averiguar el tipo de relación que había entre ambos.

No obstante, a Trenton le daba igual lo que ella quisiese.

–Preséntanos –repitió con firmeza.

Y Melodie pensó en París.

–De acuerdo –le respondió, haciendo acopio de valor.

Tardaron unos minutos en atravesar el salón, que estaba lleno de gente. Se encontraban en un hotel icónico, uno de los primeros rascacielos de Nueva

York. Hubo aplausos, cayeron globos, empezó el baile.

Roman sacó a bailar a la rubia, pero se apartó de la pista al verla acercarse con Trenton. Era casi una invitación a que se acercasen. En ese momento apareció un camarero con una bandeja con copas de champán, Roman tomó dos y le ofreció una a la rubia.

Melodie sintió calor al acercarse a él. Estaba nerviosa, pero neutralizó los nervios tocando el brazo de Trenton para interrumpir la conversación que estaba manteniendo con un general de la armada y su esposa.

—Me parece que es nuestra oportunidad —le dijo antes de acercarse hasta Roman y su novia.

Roman la miró y ella se sintió tan aturdida como siempre.

—Señor Killian, qué sorpresa verlo aquí. Creo que no conoce a Trenton Sadler...

—He visto los anuncios —respondió Roman, dándole la mano a Trenton—. Esta es Greta Sorensen.

—He visto alguna de sus películas. Me encantan las comedias románticas —comentó Melodie, sintiéndose sincera por primera vez en toda la noche.

—Ahora mismo estoy rodando. Por eso estoy aquí, en Nueva York —les contó Greta.

—Y mañana tiene que levantarse muy temprano —añadió Roman—. Así que nos íbamos ya. Buenas noches.

Fue tal desaire que hasta Greta abrió mucho los ojos, sorprendida.

—Supongo que el desdén iba dirigido a ti, no a mí

–comentó Trenton en tono tenso mientras Roman se llevaba a Greta hacia la puerta.

–Ya le dije que no éramos amigos –respondió Melodie.

En aquel momento no le importó el impacto que aquello podía tener en su trabajo, pero se sintió triste. Sobre todo, si Roman tenía prisa por hacerle el amor a su acompañante. Qué afortunada Greta.

–Tú tampoco has intentado reconciliarte con él –la acusó Trenton.

Melodie no respondió. Sonrió y acompañó a Trenton hacia un grupo de hombres mayores. Estaba trabajando. Quería ir a París. No iba a especular acerca de lo que Roman iba a hacer con la sensual sueca.

Ni iba a preguntarse si su vida habría cambiado si lo hubiese acompañado a su hotel cuatro meses antes.

De repente, alguien la agarró por la cintura a sus espaldas.

Melodie sintió un escalofrío y dio un grito ahogado, inmediatamente consciente de a quién tenía detrás.

Trenton la miró con las cejas arqueadas al ver de quién se trataba.

–Pensé que iba a llevar a su acompañante a casa –comentó.

–Está alojada en el hotel. Baila conmigo, Melodie.

«No», pensó ella, incapaz de articular palabra.

–Buena idea –dijo Trenton, advirtiéndole con la mirada que se portase bien.

Confundida, Melodie permitió que Roman la llevase hasta la pista de baile. En realidad no estaba aturdida. Estaba tan sensible que cualquier roce, olor o sonido la abrumaba. No era capaz de bailar al ritmo de la música y tenía el corazón en la garganta. Se sentía torpe.

–¿Por qué...? –intentó preguntar, pero su voz no funcionó.

De todos modos, no sabía qué le quería preguntar. Tenía tantas dudas.

–¿Te estás acostando con él? –inquirió Roman con aparente desinterés–. No sé si sabes que está casado.

Ella rio con desdén.

–Lo sé, y no. Es mi jefe. ¿Qué ha pasado con Greta? ¿Te ha rechazado?

–Yo no me acuesto con mis clientes, pero ella quería que viniésemos juntos, pero ahora que me la he quitado del medio... –comentó, agarrándola con más fuerza.

–No me importa –le mintió ella.

Roman sonrió y después se puso serio.

–Por supuesto que no. Al fin y al cabo, me odias. ¿Por qué estás bailando conmigo?

–Porque me han dicho que sea simpática contigo –le respondió–. Como vuelvas a hacer que me despidan, Roman, te mataré.

–Es un adulador.

–Yo también lo soy –replicó Melodie–. Me ayuda a pagar las facturas.

Roman apretó los labios antes de admitir:

–Se te da bien moverte por el salón. He estado observándote.

–Mamá siempre necesitaba una acompañante cuando venía a estos actos. Y cuando la anfitriona era ella, yo lo organizaba todo. La boda de Ingrid quedaría muy bonita si la organizase yo. ¿Cómo van los preparativos?

–No tengo ni idea. Está intentando formar a la persona que la va a sustituir y con estar al tanto de eso tengo suficiente.

–¿Porque las bodas son una tontería? ¿Enamorarse es de personas débiles y patéticas? Estoy empezando a estar de acuerdo contigo, Roman. Y eso hace que te odie todavía más –añadió.

Él la hizo salir de la pista de baile y la llevó detrás de una columna cubierta de espejos.

–Aquel día intenté disculparme –le recordó apasionadamente.

–Intentaste ligar conmigo –replicó Melodie.

Habían pasado cuatro meses desde su último encuentro y Roman había conseguido convencerse a sí mismo de que se había olvidado de ella, pero nada más entrar en el salón había sentido su presencia.

La había estado observando. Llevaba el pelo castaño recogido, sus perlas, y un vestido que le dejaba al descubierto los hombros.

La había visto tensa y seria, y se había dado cuenta de que seguía odiándolo.

Entonces el hombre que la acompañaba la había tocado y en Roman se había despertado algo que sospechaba que eran celos.

No obstante, se había comportado con sentido común, había intentado deshacerse de Greta lo antes posible y había vuelto con Melodie. En esos momentos, su olor lo embriagaba y todo su cuerpo deseaba que la abrazase y se la llevase de allí.

—Si pudiese controlar esto, lo haría —le explicó—. Yo también te odio por lo que siento por ti.

Ella echó la cabeza hacia atrás como si acabase de recibir una bofetada.

—¿A que no te ha sentado bien? —añadió—. Tienes que darte cuenta de que esto es cosa de los dos. La atracción es tan fuerte que me gustaría hacerte el amor aquí mismo.

—A pesar de que me odias —respondió ella, girando la cabeza, con los ojos brillantes.

—¿Qué quieres que te diga? ¿Que te quiero?

—Si me lo dijeses, no te creería, pero sí que me gustaría que me lo dijese el hombre con el que me acosté —admitió Melodie—. Quiero sentirlo. Es lo único que me mantiene viva después de tantos años, creer que voy a hacerlo mejor que mi madre con los hombres. Me siento tan sola que me entran ganas de llorar, pero ya no puedo confiar en ti.

Le temblaron los labios.

—Me destrozaste, Roman. Por eso te odio.

Él tomó aire.

—Odio ser esta persona. Odio ser escéptica y negativa —continuó Melodie, limpiándose los ojos con manos temblorosas—. Odio utilizar palabras como *odio*.

Miró hacia la puerta y dijo:

—Tengo que ir al baño.

Porque se estaba viniendo abajo.

Él la agarró del brazo y la llevó hasta la entrada, donde el portero comprobaba los nombres de los invitados.

–Tiene algo para mí. Soy Roman Killian.

–Por supuesto. Tome, señor.

El portero le dio una pequeña carpeta con un número en el interior. En ella había la llave de una habitación y la tarjeta de crédito que había utilizado para pagarla.

No había pensado en reservar una habitación allí hasta que había visto a Melodie.

Esta señaló hacia donde estaban los baños, pero Roman la llevó hacia los ascensores.

–No puedo marcharme –protestó Melodie, aceptando el pañuelo que Roman le ofrecía–. De hecho, debería ir a mi habitación a retocarme el maquillaje.

Las puertas del ascensor se abrieron y él la empujó suavemente para que entrase.

–Sexto –dijo ella.

Pero Roman tocó la P.

–Roman...

–Vamos a hablar, Melodie. Vamos a aclarar las cosas de una vez por todas.

–No tiene sentido –insistió ella–. Tienes razón. Nos provocamos el uno al otro y sacamos lo peor que hay en nosotros. Lo que significa que deberíamos intentar estar lo más lejos posible.

–¿De verdad piensas eso? –le preguntó él.

A Melodie se le llenaron los ojos de lágrimas y apretó los labios con fuerza. Bajó la mirada.

–Aquel primer día no te escuché. Tal vez no nos

habríamos hecho tanto daño si lo hubiese hecho. Hoy vamos a poner las cartas sobre la mesa. No vamos a poder continuar con nuestras vidas hasta que lo hagamos.

–¿Yo te he hecho daño? –preguntó Melodie con incredulidad–. ¿Cómo?

–Me has hecho cuestionarme si merezco la pena como ser humano.

Capítulo 7

A MELODIE le sorprendió oír que había hecho daño a Roman.

Estaba estupefacta. Eso significaba que eran malos el uno para el otro. Por eso no podía bajar la guardia y arreglar las cosas con él. Si lo escuchaba y lo comprendía, se sentiría culpable y vulnerable. Confiar en Roman significaría no estar a la defensiva y eso la asustaba.

Tuvo que admitir que le tenía miedo a Roman porque causaba en ella una reacción que era más fuerte que la lógica. Ya fuese ira o pasión, nunca había tenido sentimientos tan intensos. Lo más cerca que había estado de aquella sensación había sido cuando había discutido con su padre acerca de su madre.

Roman era un extraño. Solo se habían visto un par de veces e incluso ella sospechaba que lo del amor a primera vista era un mito. Y, si existía, no podía ser así. Como si un hombre al que casi no conocía fuese un dios con poder para aniquilarla con solo guiñar un ojo.

Nada más entrar en el ático, Roman fue directo a un bar mientras ella contemplaba las vistas de Nueva York.

–¿Whisky o vino? –le preguntó él, levantando una botella.

–No puedo quedarme mucho tiempo –respondió ella, mirando la hora en su teléfono móvil–. De todos modos, no tenemos mucho que decirnos. Cuando nos conocimos, yo todavía estaba muy afectada por la muerte de mi madre. Quería conocer a alguien, sentirme viva. Y pensé que podía haber algo entre nosotros. No tenía que haberme acostado contigo, pero lo hice, dándote una imagen equivocada de cómo soy.

Él le ofreció una copa de vino blanco muy frío. La expresión de su rostro también era fría, indescifrable. Melodie bebió porque tenía la garganta seca e intentó recuperar la compostura.

–¿Escuchaste lo que te dije aquel día en el coche? Cuando hice el amor contigo no lo hice por odio, sino porque no podía pensar en otra cosa.

–No –dijo ella, apartándose un mechón de pelo y poniéndoselo detrás de la oreja.

–Tenemos que ser francos. A mí esto tampoco me gusta –admitió Roman, llevándose la copa de whisky a los labios, pero volviendo a bajarla antes de beber–. No me dedico a conquistar mujeres, Melodie. Y para mí es importante que lo creas. Soy torpe en las relaciones, pero no porque trate a las mujeres como meros objetos. Si no hubiese tenido un motivo para echarte de mi casa aquel día, habrías estado en mi cama hasta que tú te hubieses cansado.

–¿Y eso ocurre? –preguntó ella, en un intento de frivolizar.

–Soy emocionalmente inaccesible –respondió

Roman, sonriendo de manera incómoda–. Y el sexo nunca había sido como contigo.

Melodie se apartó de aquel inquietante halo de tensión sexual que crecía entre ambos con tanta facilidad sintiéndose muy débil. Habría entendido aquella sensación de impotencia si hubiese estado enamorada de él. De niña, cuando había querido ganarse el amor y la aprobación de Garner y Anton, se había tomado muy en serio todos los desprecios que le habían hecho y se había sentido tan débil como su madre. Más tarde, en el mundo real, había sufrido menos ataques, la mayoría de personas que le importaban poco. Se había hecho más fuerte.

En esos momentos, después de un puñado de encuentros con Roman, un hombre que no tenía que significar nada para ella, estaba más sensible que nunca y aquello le resultaba desconcertante.

Lo miró fijamente.

–No entiendo cómo nos podemos sentir así si no nos queremos.

–Yo nunca he comprendido qué tiene que ver el amor con el sexo. Siempre he pensado que lo que importaba era el placer. No me mires así –le pidió–. No lo digo para burlarme de ti, solo estoy siendo sincero.

Melodie inclinó la cabeza.

–No obstante, me duele. Ni siquiera te parecí atractiva, Roman. Fue el segundo día cuando empezaste a comportarte como si te interesase, y entonces ya sabías quién era.

–Ya te lo dije en Virginia, que no te lo demostrase no significa que no me sintiese atraído por ti. No me interesan las relaciones serias, Melodie. No quiero casarme ni tener hijos... No estoy hecho para eso. Y tú parecías ser ese tipo de mujer. Así que tienes razón, la primera vez que nos vimos intenté que no se me notase el interés, pero entonces sonreíste para las fotografías y...

Frunció el ceño, dio un sorbo al whisky e hizo una mueca.

–Lo cierto es que me sentí cautivado por ti. Y al día siguiente dejé de fingir lo contrario. Eres una mujer preciosa.

Ella negó con la cabeza, se sentía incómoda.

–Roman, estoy intentando creerte. Necesito encontrarle el sentido a todo esto, pero tenemos que ser sinceros si...

–Tu madre salía en las revistas –la interrumpió él–. Te pareces a ella. No es posible que no sepas lo bella que eres.

–La belleza de mamá siempre se describió como inusual o llamativa. Era muy emotiva frente a la cámara, no podía ocultar lo que sentía.

–Y tú eres igual. Y esa mujer es una mujer encantadora, Melodie.

Ella se alejó. Roman la hacía sentirse impotente. Hacía todo lo posible por ni reaccionar mientras su pulso se aceleraba. Había trabajado muy duro para superar la falta de seguridad de su niñez. Si podía decir que la hospitalización de su madre había tenido algo positivo, habían sido los consejos psicológicos que había recibido ella.

En esos momentos, Roman le estaba diciendo que podía ver más allá de las barreras que había levantado a su alrededor. Y aquello era aterrador. Siguió en silencio, intentando fingir que no tenía aquel poder sobre ella y esperando a ver cómo sacaba provecho de él.

–No quiero poder hacerte daño, Melodie –le aseguró Roman por fin–. Soy emocionalmente frío por decisión personal, pero cuando te tengo cerca no puedo mantenerme indiferente. Eres la única persona con la que soy así.

–No entiendo qué nos pasa –admitió ella–. Ni siquiera nos conocemos.

–¿No?

Roman dejó su copa y se metió los puños en los bolsillos.

–Utilizar las cenizas de una madre como moneda de cambio es tan feo como robarle a un hombre la esperanza de un futuro.

Melodie tragó saliva. Probablemente, Roman la comprendiese a un nivel muy profundo.

–¿Anton contribuyó algo a crear ese programa de software con el que se ha hecho rico?

–Puso su nombre –respondió Roman con frialdad–. Y yo estaba tan desesperado que, a cambio, le di el cincuenta por ciento de todo. Y después el cien por cien.

Aquello la sobrecogió.

–Después del funeral de mamá, pensé que jamás volverían a estar en mi vida. Mi trabajo con Ingrid era la manera de empezar de cero. Mientras mamá vivía, yo no podía viajar por trabajo. Me necesitaba todos los días. Nos necesitábamos la una a la otra –se corrigió, dejando también la copa y el bolso en una mesa para abrazarse.

–La oscura presencia de papá siempre estaba allí, hasta que me quedé con las cenizas yo. Quería dejar atrás mi niñez pero...

Se encogió de hombros, sintiéndose muy vulnerable otra vez. Iba a hacerle una confesión a Roman.

–Tú ibas a ser mi redención, ibas a demostrarme que no todos los hombres eran iguales.

–No lo sabía.

–Por supuesto –reconoció ella–. Anton tiene una hija con una compañera de la universidad. Yo intento saber cómo está y le mando dinero de vez en cuando. A él no le importa nada. Tú tuviste el detalle de preguntarme si me había quedado embarazada. Entonces fue cuando me di cuenta de que no eras como ellos, pero...

–¿Todavía me odias?

–Intento odiarte, Roman, si no...

–¿Qué?

Melodie no respondió y su teléfono móvil empezó a vibrar en el bolso.

–Trenton debe de estar buscándome –le dijo, haciendo una mueca–. Tendría que enviarle un mensaje diciéndole que estoy siendo agradable contigo.

La tensión sexual volvió a crecer entre ambos.

–No pretendía... –se apresuró a añadir.

–Lo sé –respondió él–. No te preocupes, que no voy a intentar nada si tú no quieres, Melodie. Por mucho que te desee.

–Bien –dijo ella, aunque le costase aceptarlo.

Se preguntó cómo sería si en esos momentos apartaba de su mente los juicios erróneos y la animosidad.

–Debería marcharme –añadió.

Antes de que se volviese loca.

—Te acompañaré abajo.

—No es necesario.

Melodie tomó su bolso y fue hacia la puerta. Él sacó la llave del bar y la siguió.

—Es mejor que ambos reaparezcamos tranquilos y arreglados.

—De acuerdo, es probable que tengas razón.

—¿Solo probable? No me des la oportunidad, Melodie, porque la aprovecharé.

Se quedaron junto a la puerta, Roman tenía la mano en el pomo.

—¿La oportunidad de qué? —le preguntó ella, haciéndose la tonta.

Él sonrió de medio lado.

—He dicho que no voy a intentar nada si tú no quieres —le recordó, tocándole la barbilla y haciendo que levantase el rostro y lo mirase a los ojos—, pero, si quieres, dímelo.

—No puedo dejar de preguntarme...

Roman la besó y ella lo supo. Seguían siendo igual de compatibles. Encajaban juntos a la perfección.

El teléfono de Melodie volvió a vibrar en el bolso. Se apartaron.

Ella tiró el bolso hacia el sofá, pero cayó al suelo mientras volvían a besarse con seguridad. Melodie pensó que Roman era capaz de hacerle sentirse así y por eso no podía rechazarlo. Tenía que continuar lo que habían empezado. Roman la agarró por el trasero y la apretó contra la puerta, y a ella le encantó.

—Mira lo que me haces —gimió Roman, levantando la cabeza y acariciándole el cuello.

–Yo también estoy a punto de explotar –admitió Melodie, tomando su mano para llevársela al pecho y demostrarle a qué velocidad latía su corazón.

Luego lo abrazó por el cuello y le dio otro beso.

–Quiero hacer las cosas bien –le dijo Roman, apartándose de nuevo y tomando su mano–. Quiero que nos tomemos tiempo y hacerlo porque nos hacemos sentir muy bien. Así que quédate conmigo.

Eso significaba confiar en él. Confiar en que, después, no la echaría de su cama ni volvería a destrozarle la vida.

El teléfono volvió a vibrar y Melodie intentó ir hacia él, pero Roman la sujetó un instante. Luego la soltó y levantó ambas manos en señal de rendición.

Ella pensó en París y en que le habían dicho que fuese agradable.

Melodie llegó hasta donde estaba el bolso y lo metió debajo del sofá.

Luego miró a Roman por encima del hombro y empezó a bajarse la cremallera del vestido.

Cuando este se aflojó a la altura del busto, Roman contuvo la respiración. Se acercó a ayudarla.

Ella quiso sonreír, pero el vestido cayó al suelo, alrededor de los tacones. Dudó, estaba en ropa interior y la vulnerabilidad del momento hizo que se estremeciese.

La mirada de Roman la alentó a continuar. Él se quitó la chaqueta y la pajarita.

–¿Tienes un preservativo? –consiguió preguntarle.

Él palideció un instante. Tomó la chaqueta y

buscó en los bolsillos hasta encontrar la cartera. Sacó de ella dos envoltorios y se los enseñó antes de guardárselos en el pantalón y volver a dejar la chaqueta.

–Vamos al dormitorio –dijo con voz ronca–. O te haré mía aquí mismo, en el sofá. Me vuelves loco, Melodie.

No obstante, parecía controlar la situación. Y Melodie no pudo evitar preguntarse si estaría siendo temeraria otra vez. No obstante, le excitaba pensar que tenía la capacidad de provocarlo.

Echó a andar delante de él balanceando las caderas, sintiéndose sexy y deseable por primera vez. Se llevó las manos a la espalda y se desabrochó el sujetador, lo tiró al suelo y continuó andando sin girarse.

–Estás disfrutando mucho de la situación –la acusó Roman, llegando a los pies de la cama y abrazándola por la espalda, acariciándole los pechos.

–Roman –susurró ella.

–Quiero que te guste tanto que sepas, sin lugar a dudas, que mi única motivación es esta.

Metió una mano por debajo de sus braguitas y la acarició con seguridad entre los muslos.

Melodie dio un grito ahogado y se frotó contra él, notando su erección. Se quedó inmóvil, sorprendida.

–Sí, me excitas tanto como yo a ti.

Ella echó la cabeza hacia atrás y la apoyó en su hombro, y Roman aprovechó para mordisquearle el cuello.

–Quiero que estemos juntos –gimió ella, abrumada.

—Vamos a estar juntos, estoy a punto de perder el control. Mira.

La cambió de postura para que ambos pudiesen verse en el espejo mientras la acariciaba.

Y le dijo lo sexy que era, cuánto la deseaba, y que aquella era solo la primera vez de muchas otras.

Melodie gimió de placer y se avergonzó al ver cómo perdía el control en el espejo, estaba tan débil después de haber llegado al clímax que tuvo que apoyarse completamente en Roman.

Lo abrazó y él la besó en la frente y la giró por fin para poder besarla debidamente.

En ese momento, era suya. Y a Melodie no le importaba.

Lo besó en el fuerte pecho, le acarició los pezones con las puntas de los dedos y él echó la cabeza hacia atrás y gimió hacia el techo.

Su reacción no era fingida. ¿Qué hombre tan contenido como él permitiría que se viese la pasión en sus ojos mientras la besaba? ¿Qué hombre tan excitado como Roman la tumbaría en la cama con tanto cuidado?

¿Qué hombre que solo quisiera utilizar a una mujer por placer la besaría más abajo del ombligo para asegurarse de que estaba tan preparada como él?

—Roman, estoy muy cerca —le dijo.

Él le mordisqueó el interior del muslo, se embriagó de su olor y su sabor y deseó poder hacer que terminara y volverla a excitar, pero también quería que Melodie estuviese con él cuando se perdiese en su interior.

Subió por su cuello dándole suaves mordiscos y

después, con manos temblorosas, se puso el preservativo.

Melodie arqueó la espalda cuando la penetró y la fuerza de la sensación hizo que Roman se estremeciese.

El animal que había en él tomó las riendas y, con cuidado para no hacerle daño a Melodie, se dejó llevar por el instinto. Volvió a ella una y otra vez, ciego y sordo para todo, menos para la expresión de anhelo y necesidad. Quería todo lo que Melodie era. Todo.

–Dámelo todo –le pidió, necesitando que ella también se dejase llevar antes de permitirse llegar al clímax.

Melodie gimió y tembló bajo su cuerpo, le clavó las uñas en los brazos. Y explotó por dentro. Roman se dio cuenta de que había terminado y llegó al clímax también.

El tiempo se detuvo. No importaba nada, salvo aquel placer. No existía nadie, salvo Melodie y él y aquel estado de éxtasis.

Roman se apartó, obligando a Melodie a volver a la realidad y a darse cuenta de dónde estaba, de la intimidad que habían compartido, de que se suponía que tenía que haber estado trabajando...

Se cubrió los ojos con el antebrazo. No estaba preparada para enfrentarse a nada de aquello.

El sonido del teléfono que había en la mesita de noche rompió el silencio. Roman se apoyó en un codo y alargó el brazo por encima de ella para levantar el auricular y poco después volvió a dejarlo.

Melodie lo miró por debajo del brazo.

–¿Era tu amiga sueca?

–No. He reservado esta habitación hace solo una hora, así que nadie sabe que estoy aquí.

Apoyó una pierna encima de ella para apretarla contra el colchón y que no pudiese escapar. Luego volvió a tomar el teléfono y marcó un número antes de llevárselo a la oreja.

–Pon mi teléfono en silencio –ordenó, y después le preguntó a Melodie–: ¿Quieres algo?

–Debería marcharme –respondió ella.

Sin dejar de mirarla a los ojos, Roman dijo por teléfono:

–Vamos a necesitar un par de cepillos de dientes, productos de aseo y...

Escuchó lo que le decían y añadió:

–Perfecto. Gracias.

Y después colgó.

–En el cajón del cuarto de baño hay de todo lo que una pareja puede necesitar, incluido más preservativos.

–¿Te han dicho eso?

–Me lo han insinuado.

–¿Te he insinuado yo que íbamos a necesitar más? Porque creo haberte dicho que debería marcharme.

–Exacto. Deberías. No que pretendas hacerlo.

–Empiezo a entender por qué las mujeres se cansan de ti –comentó Melodie–. Al parecer, tú no te cansas nunca.

Él sonrió y puso más peso encima de su cuerpo. Luego empezó a buscar horquillas en su pelo.

–La verdad es que no soy un experto, pero me parece que con este peinado no puedes volver a la fiesta. Así que lo mejor será que te quedes aquí.

En vez de terminar de despeinarse ella, giró la cabeza en la almohada para permitir que Roman continuase haciéndolo mientras pasaba las manos por su cuello y después le acariciaba el bíceps.

Le pareció que aquel era un momento muy dulce. Un momento perfecto para después de haber hecho el amor. Deseó...

–¿Por qué suspiras? –le preguntó Roman, dejando las horquillas en la mesita de noche–. ¿Te arrepientes?

–No –respondió ella con poco entusiasmo–. No, ha sido...

¿Agradable? En absoluto. Había sido un acto básico y salvaje. Se sonrojó solo de pensarlo.

–Lo cierto es que me siento avergonzada. No suelo acostarme con nadie ni comportarme así. Nunca.

–Salvo conmigo –afirmó Roman como pretendiendo zanjar la conversación.

–Salvo contigo –admitió ella en voz baja, girando el rostro para darle un beso en el brazo.

Melodie suspiró, su sabor era salado y su olor, oscuro y masculino.

–No soy demasiado intuitivo, pero no te veo contenta al respecto.

–Porque, aunque me quedase a pasar la noche, tendría que marcharme por la mañana. Jamás volveré a sentirme así y eso es deprimente.

–No tienes que marcharte.

—Sí. Mañana volamos a... esto... no me acuerdo —dijo, mirando hacia el cabecero de la cama como si allí estuviese la respuesta—. Tal vez Hartford. Nos marchamos muy temprano.

—No parece que te guste mucho el trabajo. Dimite.

—No puedo. Si hago mi trabajo y a Trenton le va bien, conseguiré una prima. Y, antes de que pienses que solo me interesa el dinero, quiero que sepas que lo hago por mi madre. Siempre quiso volver a París y le prometí que esparciría sus cenizas por el Sena.

—Yo te llevaré —se ofreció Roman.

—Por favor, no estropees el momento sugiriéndome que me convierta en tu amante —lo reprendió, a pesar de sentirse tentada.

—Yo tengo compañeras, no amantes —la corrigió él, apoyando la mano en su estómago—. No compro a las mujeres.

—¿Seguro que no les compras joyas ni ropa? ¿No las llevas de viaje? —preguntó Melodie con escepticismo.

—Cubro sus necesidades cuando están conmigo, sí, y a veces continúo haciéndolo cuando dejamos de vernos, pero no lo hago a cambio de sexo.

—¿Sino solo porque eres generoso?

—Intento serlo.

Parecía sincero, pero taciturno. ¿Se habría sentido insultado?

—Solo tengo que continuar con este trabajo todo el otoño y después podré buscar otro.

Él hizo una mueca.

—No me gusta esa respuesta —le informó—. Dimite ahora y busca otro trabajo cuando te apetezca.

Melodie decidió decirle lo que pensaba, pero con delicadeza para no estropear el momento.

–Roman, mi madre puso su destino en manos de un hombre poderoso, y me tuvo a mí en la misma situación. Ninguna de las dos salimos bien paradas. Yo necesito independencia para no sentirme atrapada ni obligada.

–No estoy intentando atraparte –respondió él, frunciendo el ceño–. Podrías marcharte cuando quisieras.

–En ese caso, me marcharé por la mañana –dijo Melodie en tono amable.

Roman juró.

–Supongo que tendré que utilizar otros métodos de persuasión –añadió, mirándola a los ojos.

–¡No! –exclamó ella, empujándolo del pecho mientras Roman intentaba colocarse encima.

–No voy a hacerte daño –le aseguró él, al verla preocupada.

–O sí –dijo ella con labios temblorosos–. Me das miedo, Roman. Me da miedo cómo me haces sentir. Esta noche queríamos hacer las paces, no utilices mi debilidad contra mí.

Él absorbió aquello en silencio.

–¿Me estás diciendo que tengo que ayudarte para que te resistas a algo que ambos queremos? Eso sí que te haría daño, Melodie. No quiero hacerlo.

Le acarició los hombros y lo empujó hacia ella para que se acercase más y la besase.

Se dieron un beso rápido. Dos. Notó cómo Roman se excitaba y abrió las piernas para que pudiese colocarse entre sus muslos.

–No voy a rechazarte –le advirtió él, apartándole el pelo de la cara–. Voy a darte todo lo que me pidas. Y si después de eso consigues marcharte, te dejaré marchar.

A Melodie se le aceleró el corazón. Lo ayudó a penetrarla para que volviese a hacerle el amor.

No obstante, Roman era un hombre de palabra. Le colocó una almohada bajo las caderas para poder complacerla mejor y empezó a moverse en su interior. Encontró todas sus zonas erógenas y se tomó su tiempo estimulándolas. Tomó sus pechos con la boca y la acarició al mismo tiempo.

Luego la ayudó a darse la vuelta y se tumbó encima, pero sin entrar en ella. Solo la acarició con su cuerpo.

–Lo quiero todo de ti, Melodie, pero no voy a tomarlo. Quiero que me lo des tú.

Ella estaba temblando, pero se puso de rodillas y lo guio hasta donde quería tenerlo. Era un acto elemental y primitivo. Todas aquellas imágenes románticas acerca de cómo debían estar juntos un hombre y una mujer desaparecieron de su mente para ser reemplazadas por deseos puramente carnales.

Cuando llegaron al clímax, Roman le clavó los dedos en las caderas y la sujetó contra su cuerpo.

–Más hondo, más fuerte, sí, sí –gritó ella mientras la invadía el placer.

Capítulo 8

ROMAN juró y despertó a Melodie, que se había quedado adormecida.

–¿Qué ocurre? –le preguntó en tono somnoliento.

–¿No lo oyes? ¿Acaso piensa que eres suya?

Melodie levantó la cabeza y oyó que su teléfono estaba vibrando en el salón. Miró el reloj y comentó:

–Debe de tener miedo de que pierda el avión.

Roman la abrazó.

Ella se giró para mirarlo. Le encantaba sentir su cuerpo desnudo y la libertad de estar así.

Enterró la nariz en su pecho e intentó controlar las lágrimas que estaban apareciendo en sus ojos.

–Voy a tener que marcharme. No es que deba hacerlo, es que tengo que hacerlo.

–Ya te he entendido –protestó Roman–, pero sigo queriendo que te quedes.

–Me alegro –dijo ella sonriendo–, pero creo que, a la larga, terminaríamos mal. Yo quiero amor, matrimonio e hijos, Roman. Tenías razón en eso.

Él le peinó el pelo con los dedos. No dijo nada. No intentó convencerla de que había cambiado de opinión ni de que tenían futuro. Y Melodie se dio cuenta de que había tomado la decisión adecuada.

–Pero podría ducharme aquí –sugirió, levantando la cabeza para mirarlo–. En vez de hacerlo en mi habitación, sola.

–Trato hecho.

Roman estaba celoso. No solo le molestaba que el jefe de Melodie la molestase tan temprano, sino que se sentía amenazado y, en cierto modo, rechazado cuando la dejó en la habitación y se obligó a tomar el ascensor para regresar a la suya.

Emociones.

Las evitaba siempre que tenía la oportunidad. Esperanza, felicidad, orgullo. Eran el principio del fin. Lo había aprendido durante la niñez. Era mejor centrarse en los placeres de los sentidos y en metas externas que tener esperanzas o buscar cualquier tipo de realización interior.

Melodie había tenido razón al decir que, a largo plazo, terminarían mal. Aunque pareciese dura en realidad era muy sensible y él acabaría haciéndole daño al intentar no sentir.

Eso era lo que había intentado hacer al volver a su habitación vacía. Estaba agotado porque no había dormido y le dolía todo el cuerpo después de haber estado haciendo el amor, pero no quería volver a meterse en la cama. Parecía demasiado fría y vacía. Hostil.

Así que encontró la copa de whisky de la noche anterior y le dio un sorbo. Todavía no eran las seis y no había dormido, así que podía considerarse que aún era la noche anterior.

Una noche. ¿Desde cuándo le deprimía que una mujer se marchase, hubiesen pasado horas o meses desde que la había conocido?

«Olvídala», insistió, tocando la pantalla de su teléfono para revisar los correos electrónicos y dejando enseguida el aparato para tomar la tarjeta de visita de Melodie. Allí estaba su número de teléfono. Pedírsela había sido un acto digno de un adolescente. Él no iba detrás de ninguna mujer. No iba a llamarla. Solo había querido saber si ella estaba dispuesta a dársela.

Deseó haberle hecho otra fotografía aquella mañana, con la cara lavada y el albornoz del hotel, con el vestido de la noche anterior colgado del brazo mientras cerraba la puerta de su habitación. Su expresión había sido dulce, lo mismo que su sonrisa, dulce y melancólica.

¿Qué sabía él de expresiones melancólicas?

Supuso que era como querer algo que no se podía tener, y eso lo entendía demasiado bien. Durante su niñez, había deseado muchas cosas. De adulto, había aprendido a conseguir lo que quería o a dejar de quererlo, y en raras ocasiones se había enfrentado a una situación así.

Melodie le había dicho que quería amor, matrimonio e hijos. Roman reflexionó acerca de aquello y pensó en lo decidido que había estado a encontrarla en Virginia y ocuparse de su hijo si estaba embarazada. No había tenido ninguna duda al respecto, pero ¿cuál sería en esos momentos la situación si hubiese estado embarazada? ¿Se habrían casado?

Suponía que había condiciones en las que podría acceder a un compromiso para toda la vida, pero esas condiciones no incluían el amor. Se le encogió el estómago solo de pensar en abrirse a semejante sentimiento.

Se maldijo. ¿Por qué no se habría olvidado Melodie las perlas otra vez, dándole así una excusa para volver a llamarla?

Se las había quitado, pero después de la ducha le había pedido ayuda para ponérselas de nuevo.

Roman fue de un lado a otro de la habitación, buscando algún objeto de Melodie, pero solo encontró el cepillo de dientes del hotel. Se apoyó en la puerta del cuarto de baño y se miró en el espejo. Llevaba puestos los pantalones del esmoquin y la camisa sin abrochar, tenía ojeras de no haber dormido y los hombros caídos, en señal de derrota. Y tuvo que admitir que no iba a olvidarla. Jamás.

Lo que hizo que se le encogiese el estómago todavía más.

En el pasado, otras mujeres se habían quejado de que tenían la sensación de no ser importantes para él.

Melodie le importaba, le importaba bastante. Era una persona demasiado dulce para tener que estar soportando a Gautier. Y él quería protegerla. Pensó que tenía que haberle dado su teléfono para que pudiese llamarlo cuando quisiera.

Sin pensarlo, marcó su número para decirle exactamente aquello.

Respondió una voz de hombre.

–¿Sadler? –preguntó Roman, aunque no parecía su voz.

–Soy su asistente. ¿Quién es?

–Quería hablar con Melodie. Soy Roman Killian.

–Killian –dijo Sadler, que se había puesto al teléfono–. Melodie ya no está con nosotros.

Roman se sintió culpable.

–La ha despedido –dedujo al instante–. Por haber pasado la noche conmigo.

–Necesito que mis empleados estén disponibles en todo momento –respondió el otro hombre.

–Pero usted le dijo que fuese agradable conmigo –respondió Roman, intentando ser conciliador.

–Las furcias acaban convirtiéndose en un lastre, ya lo sabe –comentó Sadler.

Roman cerró los ojos e intentó contener un intenso ataque de ira.

–Yo pienso que si la ha despedido ha sido por no ser agradable con usted, y se va a arrepentir de lo que ha hecho.

Roman colgó el teléfono y salió con paso decidido de la habitación para dirigirse a la de Melodie.

Esta no respondió cuando llamó a la puerta, así que Roman bajó a recepción y pidió que la llamasen por teléfono.

–Ha dejado el hotel, señor.

Él contuvo una palabra malsonante y apretó los puños. Melodie debía de estar ya en un taxi, camino del aeropuerto para volver a Virginia...

Un momento. En el restaurante del vestíbulo había una mujer vestida de traje. Llevaba el pelo castaño y brillante recogido. Encima de la mesa había un café y una tablet.

Era posible que le tirase aquel café en la cara, pero aún así se acercó.

Roman se dejó caer en la silla que había enfrente de ella. Se habían duchado juntos y todavía olía al jabón del hotel, pero no se había molestado en afeitarse y estaba muy sexy con aquella barba y despeinado. Tampoco se había abrochado la camisa hasta arriba e iba remangado. Era la fantasía hecha realidad de cualquier mujer.

Parecía muy enfadado.

–¿De verdad? –preguntó–. ¿Te han vuelto a despedir?

–Cualquiera diría que tengo un don, ¿no? –comentó ella, pensando que debía estar furiosa, pero en realidad sentía alivio–. ¿Te ha llamado Trendon para contártelo? Eso es típico de él. Ha esperado a que yo estuviese aquí abajo para poder despedirme delante de todo el mundo. Lo que no esperaba era que yo le dijese que es un hipócrita. También en voz muy alta. Mientras yo estaba con él anoche, trabajando, el resto de asistentes estaban ligando en el bar, pero como soy una mujer, soy una furcia. Los hombres son unos cerdos.

Roman apartó el rostro, parecía agotado y a Melodie le dio pena.

–Excluyendo lo presente, por supuesto –añadió ella.

Él sacudió la cabeza, como si no pudiese creer lo que había pasado.

–No pretendía que ocurriese esto.

–Lo sé.

Había sido ella la que se había quedado a pasar la noche en su habitación, poniendo la atracción que sentía por él por delante de su trabajo, pero no pudo decírselo porque la camarera llegó con un desayuno especial.

–Yo quiero otro igual –dijo Roman.

–Tómate el mío –respondió Melodie, tomando la copa con fruta de la bandeja y haciendo un gesto a la camarera para que dejase lo demás delante de Roman–, pero tráigale un café.

Roman asintió y luego miró el plato con huevos y patatas que tenía delante.

–¿Me das tu desayuno? ¿Después de que te han despedido?

–Ya lo tenía pagado, pero en realidad solo quería la fruta.

–¿Cómo es posible que puedas perdonar con tanta facilidad? Porque yo tengo ganas de rajarle las ruedas del coche a ese tipo. Y de rajar las mías también –añadió, disgustado consigo mismo.

Melodie se encogió de hombros.

–Supongo que porque volvería a hacerlo –admitió.

–¿De verdad? –le preguntó él, traspasándola con sus brillantes ojos verdes.

–Quería decir que, si tuviese la oportunidad, no tomaría una decisión diferente a la que tomé anoche, aunque también sigo pensando lo mismo que esta mañana, Roman.

–¿Por qué? –la retó él inmediatamente–. Si ya no tienes trabajo.

–Lo sé –dijo Melodie con voz tensa–. Por lo menos tengo suficiente dinero para pagar el alquiler del mes que viene, pero todo lo demás va a ser un desafío.

Por el momento, París estaba fuera de su alcance.

–Melodie, tienes que dejar que te ayude.

Ella negó con la cabeza.

–Me las arreglaré. Solo lo siento por París. Tengo la sensación de haberle fallado a mamá.

Él alargó la mano por encima de la mesa para agarrarla de la muñeca y acariciarla.

–Deja que te lleve yo.

–Roman... –respondió ella, girando la mano para entrelazar los dedos con los suyos–. No puedo.

–Puedes, pero no quieres.

Roman apartó bruscamente la mano y tomó el tenedor con impaciencia.

Comieron en silencio y solo lo rompieron para darle las gracias a la camarera cuando retiró los platos.

–¿Harías algo por mí? –preguntó Roman entonces–. ¿Te importaría subir a mi habitación para que pueda enseñarte algo?

–¿Un cuadro? –dijo ella en tono de broma–. Debería marcharme al aeropuerto. Voy a estar en lista de espera, así que...

–Por favor.

Roman se levantó y se echó al hombro la bolsa de viaje de Melodie.

–¿No puedes decirme qué es? –preguntó ella, siguiéndolo hasta el ascensor–. Estás siendo muy misterioso.

–No es cierto.

Llegaron a la habitación y Roman abrió la puerta y dejó la bolsa de Melodie en el recibidor. Fue hasta el dormitorio y le señaló la cama deshecha.

–¿Qué? –preguntó ella, quedándose a su lado y mirando las sábanas arrugadas.

–Que los dos estamos agotados y es mejor que no tomemos ninguna decisión ahora. No te estoy pidiendo sexo. Es solo que no puedo pensar cuando estoy cansado. Me pongo muy testarudo, y lo único que sé es que quiero que estés aquí –le explicó, señalando la cama.

–Es verdad, no eres nada misterioso –comentó ella, sintiéndose emocionada, tal vez por culpa del cansancio.

Estaba cansada. El idiota de Trenton había esperado a que entregase la llave de la habitación del hotel para despedirla, así que no podía volver a su habitación a dormir. Si tenía que esperar en el aeropuerto, temía quedarse dormida y perder el avión... Todo aquello estaba empezando a sobrepasarla, sobre todo, teniendo una cama delante y a Roman quitándose la camisa a su lado.

Se desabrochó la chaqueta y lo miró con el ceño fruncido.

–Gracias –le dijo él en voz baja.

Melodie se quitó la chaqueta, la dobló y la dejó en el respaldo de una silla. Colocó el resto de la ropa bien doblada en el asiento. Se dejó las braguitas, pero se quitó el sujetador, que no era cómodo para dormir. Luego tomó la camisa de Roman del suelo y se la puso.

–¿Te importa?

–En absoluto.

Se abrochó un par de botones y rodeó la cama para meterse por el otro lado. Él apartó las sábanas y Melodie se tumbó a su lado y se sintió reconfortada cuando la abrazó. Sus piernas desnudas se entrelazaron y él le dio un beso en la frente antes de quitarle el pasador del pelo y tirarlo al suelo.

Melodie suspiró, se sentía segura. Los brazos de Roman empezaron a pesarle y ya no pudo pensar en nada más.

Se despertó y notó su erección contra el vientre. Roman seguía dormido, pero ella no pudo evitar recorrer su cuerpo con las manos y notar calor entre los muslos.

Él respiró hondo y se tumbó boca arriba, abrió los ojos y la miró con sorpresa y deseo.

–Ven aquí –le dijo con voz ronca, levantando las caderas para quitarse los calzoncillos antes de colocarla encima de su cuerpo.

Melodie se quitó también la ropa interior y tomó un preservativo antes de colocarse a horcajadas sobre él.

Roman apoyó una mano en su nuca para que le diese un beso, se acariciaron y acomodaron sus cuerpos hasta que la penetró y la hizo gemir de placer. Durante mucho tiempo, casi no se movieron, solo se besaron y disfrutaron de la sensación de estar unidos. Melodie se sentó para quitarse la camisa y él le acarició los pechos.

Fue el primero en decir:

–Voy a explotar.

Y la agarró con fuerza de las caderas.

Ella también quería más, así que se movió mientras se apretaba contra su cuerpo, haciendo que ambos llegasen al clímax.

Unos minutos después Melodie pensaba que no sabía cómo se iba a marchar después de aquello.

Roman se quitó el preservativo y ella le preguntó la hora.

–Las dos –respondió él–. Nuestros relojes vitales van a estar hechos un lío cuando lleguemos a Francia.

–Buen intento –respondió ella sonriendo–, pero todavía no estoy preparada para ir a París. Es complicado transportar cenizas, llevo meses de papeleos.

–Haré una llamada –sugirió él.

–¿A quién? No es fácil...

–Trabajo con el gobierno tanto en Estados Unidos como en Francia. Tengo contactos.

–A la llamada no te voy a decir que no –accedió–. Me harías un gran favor facilitándome las gestiones, pero...

–Escúchame –le dijo él muy serio–. Cuando mi madre murió, no pude hacer nada por ella. Si hubo un funeral, no me invitaron. Así que quiero hacer esto.

Aquello la sorprendió.

–¿Por qué no? ¿Qué ocurrió?

Él se quedó callado y Melodie pensó que no iba a responderle. Su expresión era inescrutable y ella tuvo la sensación de que había violado su intimidad.

—No tienes por qué hablarme de ello...

—No, pero voy a hacerlo. Si quiero que te quedes, tienes que saber quién soy. Yo tenía nueve años cuando murió. Ya llevaba varios años en una casa de acogida. Ella... –se interrumpió e hizo una mueca–. Había recurrido a la prostitución para poder mantenerme. E, irónicamente, fue el motivo por el que me perdió. Me decía que todo iría mejor cuando encontrase un trabajo de verdad, aunque yo por aquel entonces no entendía lo que estaba haciendo. Eso llegó después, pero...

A Melodie se le encogió el corazón al oír aquello.

—Me separaron de ella, así que pudo conseguir un trabajo, pero en una fábrica clandestina. Hubo un incendio. Ahora me doy cuenta de que tal vez no encontraron su cuerpo. No me lo contaron hasta varias semanas después. Yo pedía hablar con ella por teléfono, pero me ponían excusas y hablaban en susurros, hasta que me contaron que estaba en el Cielo. Tardé años en averiguar que en realidad estaba en Hart Island, que es adonde llevan a las personas pobres, a enterrar en fosas comunes.

—Oh, Roman, cómo lo siento.

Apoyó una mano en su pecho para reconfortarlo.

Él se la agarró. Melodie pensó que se la iba a apartar, pero no lo hizo.

—Cada vez que hablaba con ella, le preguntaba cuándo iba a venir a buscarme –continuó, emocionado–. Aceptó aquel trabajo por mí.

Melodie abrió la boca, pero no fue capaz de articular palabra. Se abrazó a él y apoyó la cara en su cuello para reconfortarlo.

Roman se puso tenso cuando Melodie lo envolvió con su compasión y eso hizo que el dolor se volviese insoportable. Deseó apartarla, apartar todo aquello de su mente, pero su olor llegó hasta la parte más primitiva de su cerebro. Las cosas que asociaba a ella, como la suavidad, el perdón y el placer, evitaron que cayese en las emociones oscuras que habían resurgido al hablar de su madre.

La abrazó y la apretó contra su cuerpo.

Se quedaron así mucho tiempo. Era extraño. Roman quería penetrarla y olvidarse de todo, pero también quería quedarse así. Quieto y tranquilo, en armonía con ella.

Tal vez se quedaron dormidos, porque el sonido de su teléfono lo sobresaltó. Se levantó, buscó los pantalones y miró la pantalla. Alguien lo llamaba desde el número de Melodie.

—Parece que me estás llamando —le dijo a esta—. ¿Sadler?

—Soy otra vez su asistente, señor Killian. Nos preguntábamos si Melodie está con usted.

—Sí.

Ella suspiró y se tapó con la sábana antes de sentarse.

—¿Puedo hablar con ella? —preguntó el otro hombre.

—No —respondió Roman—. Deshágase de este número. No quiero que vuelvan a llamarla.

–¡Espere! Dígale que nos llame. Estamos buscando un documento y no...

–No –repitió Roman con firmeza–. Recuérdele a Sadler que se va a arrepentir de no haber sido más amable con ella. Haré algunas llamadas a sus patrocinadores. Melodie podrá darme la lista, estoy seguro.

–Podemos readmitirla –añadió rápidamente el asistente.

–No voy a contarle a Melodie eso. Y que no se les ocurra complicarle la vida, porque tendrán que vérselas conmigo. ¿Entendido?

Después de unos segundos de silencio, el otro hombre respondió:

–Voy a pasarle el teléfono a Trenton.

–No se moleste –le dijo Roman antes de colgar.

Melodie lo reprendió con la mirada.

–He oído que iban a readmitirme.

–Pero no has dicho nada.

Ella suspiró, se abrazó las rodillas y apoyó la barbilla en ellas.

–¿De verdad quieres ayudarme con mi madre? ¿Va a hacerte sentir mejor?

Él apartó la mirada de la suya. Aquello no lo ayudaría, sino que removería lo que llevaba años intentando olvidar. ¿Estaba dispuesto a revivirlo para poder mantener a Melodie a su lado?

Por extraño que pareciese, la respuesta era sí.

–Deja que haga esa llamada –le respondió.

Capítulo 9

TRES DÍAS después, Roman llevaba a Melodie a París en su jet privado. Se habían enterado de que no podía esparcir las cenizas en ningún río, pero encontraron un bonito jardín conmemorativo donde pudieron pasar una hora y dejar descansar a Patience.

–Gracias –le dijo Melodie cuando salieron del cementerio y volvieron a la limusina.

Tenía los ojos hinchados de tanto llorar, pero se sentía tranquila por primera vez en muchos años.

–No podía descansar hasta traerla aquí. Ya nada puede hacerle daño y eso es muy importante para mí. Gracias.

–De nada.

–¿Adónde vamos ahora? –preguntó.

Habían volado toda la noche y no sabía si estaba cansada o hambrienta.

–¿Qué quieres hacer?

–No lo sé, ¿podríamos dar un paseo por la ciudad?

–Por supuesto.

Pasaron las dos horas siguientes paseando, y cuando Melodie se detuvo a mirar el precio de un sombrero color verde oliva, con un lazo de flores, él se lo puso en la cabeza y sacó la tarjeta de crédito de la cartera.

—Solo lo estaba mirando.

—Te favorece.

—Bueno, gracias —dijo ella con cautela.

Aceptar un regalo de Roman era un arma de doble filo. Ya estaba en deuda con él por el vuelo, y no iban a estar allí solo el fin de semana, ya que Roman le había dicho que tenía que quedarse a una reunión de trabajo.

Y como se iban a alojar en el piso de Roman y este no tenía que pagar un hotel, Melodie había accedido. Además, tenía la intención de cocinar para él, pero cuando le preguntó dónde podía hacer la compra, este le informó de que iban a cenar a un club que estaba muy cerca de allí, pero que antes tenían que ir a comprarse ropa en la tienda que había al lado.

Llegaron a la tienda, y cuando Roman mencionó a la dependienta adónde iban, esta empezó a sacar vestidos de cóctel negros que ni siquiera tenían el precio.

—Roman —empezó a protestar Melodie.

—Tómate tu tiempo. Yo voy a la tienda de al lado y volveré cuando haya terminado. Sé cómo funciona esto.

—¿Porque ya lo has hecho antes? —adivinó ella.

—Sí. Aunque nunca he ido a ese club de jazz antes, pero como me dijiste que a tu madre le gustaba escuchar blues francés, he pensado que te gustaría.

Eso parecía muy considerado por su parte, pero...

—Quiero que salgamos juntos de verdad, Melodie —añadió él—. Todavía no lo hemos hecho.

Sí que lo habían hecho, pero Roman no se quedó a escuchar su argumentación. En Virginia habían ido al cine y a cenar, y otra noche había cocinado ella y Roman había puesto una botella de vino, y le había regalado flores.

–*Mademoiselle?* –la llamó la dueña de la boutique.

Melodie estaba tan cansada después de haber estado paseando que agradeció poder sentarse y tomarse una copa de champán y un zumo de naranja natural mientras le enseñaban vestidos. También le ofrecieron galletitas saladas con foie gras y caviar, todo delicioso.

Con respecto a los vestidos, eran muy bonitos, pero Melodie quería algo lo más modesto posible.

Encontró el vestido y pensó que todo el mundo en la tienda había sido muy agradable con ella, y se sintió muy mimada mientras la peinaban y la maquillaban.

Entonces se puso nerviosa cuando tuvo que salir adonde estaba Roman. Nunca le había prestado tanta atención a su aspecto, sobre todo porque Anton siempre le había dicho que no merecía la pena que se molestase. Y ella se había resignado a no gustar a los chicos, y raramente había querido impresionar a un hombre.

Roman estaba mirando su teléfono, tenía una copa encima de la mesa que había a su lado y el brazo estirado sobre el respaldo del sofá. La camisa nueva, de color blanco, le sentaba a la perfección. También lo habían peinado y como no se había afeitado desde que habían aterrizado, la barba le daba un aire desenfadado.

Además llevaba pantalones negros, calcetines de rombos y unos zapatos brillantes.

Estaba tan guapo que Melodie tuvo que detenerse un instante para recuperar la respiración.

Y cuando Roman levantó la vista, se le volvió a entrecortar.

La acarició de arriba abajo con la mirada y después le pidió que se diese la vuelta.

Ella intentó contener a la feminista que llevaba dentro y obedeció.

—Estás preciosa —murmuró él mientras se levantaba del sillón y se acercaba a ella.

—Me siento guapa —admitió ella.

Y no solo por el vestido y el maquillaje, sino por cómo reaccionaba Roman cuando la tenía cerca.

—Gracias —añadió.

—¿Acaso lo dudabas? —le preguntó él con el ceño fruncido.

—Bueno, ya sabes que mi niñez no fue la mejor. Anton odiaba que papá hubiese vuelto a casarse e, independientemente de que yo fuese su hermanastra, y de lo que llevase puesto o dijese, siempre intentaba humillarme. Respeto mucho más tu opinión que la suya —admitió—. Debo de estar guapa.

—No te preocupes, Melodie, que tomo nota y no saldrán indemnes.

—No, no he querido decir que quiero que te pongas a su nivel.

—Lo sé, y no lo haré, pero no perdono con tanta facilidad como tú. No obstante, no quiero que estropeemos esta noche hablando de ellos –le dijo, tirando de ella.

Melodie lo abrazó.

–¿Nos vamos? –le preguntó él.

–No sé si voy a poder andar con estos tacones –admitió ella.

–El coche está fuera.

La dueña de la boutique llevó las pertenencias de Melodie en una bolsa y se las dio al chófer mientras Roman la ayudaba a sentarse en el asiento trasero.

Unos minutos después volvía a ayudarla a salir y entraban en un club nocturno iluminado solo con velas y sutiles bombillas de color añil. El local ya estaba lleno, pero los acompañaron hasta una mesa situada en un reservado elevado que les daba cierta privacidad y que ofrecía unas vistas perfectas del escenario.

La comida era excelente y una cantante les amenizó la cena. El ambiente era tan romántico que Melodie pudo imaginarse a su madre de joven modelo.

También bailaron, aunque fue más bien un preludio de lo que ocurriría después. Como las demás parejas, se pegaron el uno al otro y utilizaron la música como excusa para excitarse el uno al otro.

En un momento dado, Melodie echó la cabeza hacia atrás y lo miró:

–Yo también quiero irme ya –le dijo él–. Llamaré al coche.

Melodie no podía entender cómo era posible que siguiese sintiendo aquella atracción por él, pero ya había dejado de intentar frenarla. En todo caso, agradeció que la distancia hasta su piso fuese corta.

No obstante, le sorprendió ver que el coche se detenía delante de una galería de arte.

–¿Vamos a entrar? –le preguntó mientras salían a la calle.

–Mi piso está justo encima.

Fueron hasta la puerta que había junto a la de la galería de arte. Él levantó una trampilla y miró dentro.

La puerta crujió al abrirse, pero dentro no se oía ningún ruido. Nada más entrar había un armario para abrigos y zapatos, después unas escaleras que daban a un espacio abierto.

Melodie se fijó en los ladrillos vistos, en los altos techos y en los elegantes muebles blancos. Una isla de cocina con apliques en acero inoxidable separaba esta del resto de la casa. Unas escaleras flotantes llevaban hasta la zona de dormitorios, y debajo había una estantería con libros y un escritorio antiguo.

–Este no es tu apartamento –decidió Melodie.

–¿Por qué dices eso? La puerta se abre con mi iris. Y con el de la señora que cuida la casa –admitió–. Viene una vez por semana.

–Este es tu nidito de amor –lo acusó ella.

Él no respondió, se acercó a ella con el teléfono y se lo puso delante de uno de los ojos. Tocó algo en la pantalla y volvió a guardárselo.

–Ya has visto cómo he abierto el lector. No duele. Solo tienes que mirar y la puerta se abre.

Melodie se cruzó de brazos.

–¿No vas a admitir que traes aquí a mujeres?

–Tengo un despacho en París –dijo él–. Y alojamiento en el mismo edificio. Si solo vengo a trabajar, suelo alojarme allí.

—Pero si traes compañía, vienes aquí.

—Si te molesta no ser la única mujer que ha estado aquí conmigo, podemos reservar en un hotel —le dijo él sin más.

—Lo que me molesta es que me estés manipulando para que me convierta en tu acompañante —replicó ella—. Me gusta el piso, pero no puedo permitir que lo controles todo, Roman. No puedo...

—¿Es eso, Melodie? —la interrumpió él—. El día que nos conocimos me dijiste que solo había una manera de conocer a otra persona: pasando tiempo con ella. Yo quiero pasar tiempo contigo.

—Y a mí también me gustaría conocerte mejor, pero...

—No me puedo quedar en Virginia esperando a que encuentres un trabajo que te mantenga ocupada todo el día. Escúchame, entiendo que no quieras depender de nadie. Yo crecí en un hogar de acogida. Siempre era el invitado, siempre era una carga. Y odiaba esa sensación, pero ahora puedo pagar y devolver. Y quiero que me permitas hacerlo.

—No me parece bien —protestó ella débilmente.

—No te estás aprovechando de mí. La decisión es mía. ¿De verdad quieres volver a Virginia? —le preguntó, abrazándola.

—No —admitió Melodie, echando la cabeza hacia atrás para que Roman le mordisquease el cuello—, pero no estás jugando limpio.

—Y, si te quedas, seguiré jugando sucio siempre que tú quieras —le prometió él, mordisqueándole el lóbulo de la oreja—. ¿Qué te parece?

Ella se estremeció.

–Bien.

–¿Nos quedamos aquí o vamos a otra parte?

–Aquí –gimió Melodie débilmente.

–Bien, porque no puedo esperar más.

Ni siquiera pudieron subir las escaleras, en su lugar, estrenaron la alfombra turca.

Capítulo 10

LA SEMANA en París pasó casi sin que se diesen cuenta, haciendo el amor y paseando por el centro de la ciudad, y cuando Roman tenía tiempo para acompañarla, iban a ver escaparates y le compraba todo lo que le gustaba. Era demasiado generoso. Le compró un vestido para cada cena y, cuando no le compraba nada, le llevaba flores o, como aquella mañana, un teléfono de última generación.

–Roman, no puedo aceptarlo.

Estaba empezando a pensar que le regalaba cosas para compensar lo poco que ofrecía de sí mismo. Era un amante muy atento, pero se cerraba cuando se acercaban a un tema demasiado personal.

–Me estás haciendo un favor. Es un prototipo y hay que probarlo. Mira, tiene incluso GPS, para que pueda saber dónde estás e ir a buscarte.

–También me puedes llamar y preguntármelo –dijo ella sonriendo–. No tiene funda. ¿Y si se rompe?

–Es irrompible y sumergible. Y si lo pierdes, podemos saber dónde está, pero si no lo pierdes, mejor. Y si lo vendes no lo hagas por menos de un cuarto de millón de dólares o me sentiré muy insultado.

–¡Roman! –gritó ella–. No puedo ir por ahí con

un teléfono que vale tanto dinero. ¿Y quién lo va a comprar? ¿Has pensado bien en todo eso?

–Tu hermanastro compraría un teléfono así. Cuando salga al mercado costará solo unos cientos de dólares y podrá competir con el resto de smartphones del mercado, pero en este momento la tecnología está recién sacada del horno y es muy segura de utilizar. Mis competidores estarían muy interesados en conocerla antes del lanzamiento.

–¿Y me lo confías a mí? –preguntó sorprendida–. Quiero decir que el día que nos conocimos...

–Confío en ti, Melodie –le dijo él.

Parecía sincero.

Ella se derritió por dentro. De todos los regalos que podía haberle hecho, su confianza era el que más la emocionaba. Aquello terminó con sus dudas, quería estar con él y ver hasta dónde podía llegar aquella relación.

Aquella tarde, Melodie utilizó la tarjeta de crédito que Roman le había dado por primera vez, en una tienda de lencería. Pensó que en realidad lo estaba comprando por él, y a Roman le gustó mucho cuando desfiló para él unas horas después.

Y como se estaban llevando tan bien, cuando se tumbó encima de él y Roman anunció que tenía que estar en Alemania el martes, ella arqueó una ceja y le preguntó:

–¿Te importa si compro una maleta con la tarjeta? Me has comprado demasiada ropa y no va a caber todo en la mía.

–Ya te dije cuál era el límite. Puedes comprar todo lo que quieras –respondió él–, pero deja alguna cosa aquí para cuando volvamos.

—¿Cuándo será eso?

—No lo sé. Probablemente después del verano. Tengo algunas reuniones en Italia el mes que viene y he pensado que, después de eso, podríamos pasar unos días en mi yate, pero antes o después volveremos aquí.

«Después del verano». A Melodie se le encogió el estómago. Tal vez lo suyo tuviese futuro.

Roman estaba en el lugar perfecto. De todas las mujeres con las que había salido a lo largo de los años, con pocas había encajado tan bien a todos los niveles como con Melodie. En el sexo no tenía comparación y, profesionalmente, no podía tener mejor compañera. No solo brillaba como un zafiro e iluminaba cualquier habitación, sino que sabía cómo ser cariñosa, pero poniendo límites. Y nunca compartía nada relacionado con la vida privada de ambos con nadie.

Cuando estaban solos también era una compañía encantadora y entretenida, y respetaba que él se encerrase en sí mismo cuando le preguntaba acerca de su padre o de si se había sentido seguro en los hogares de acogida.

Roman no sabía nada acerca de su padre y no siempre se había sentido seguro en los hogares, pero lo más importante había sido que todas sus casas habían sido temporales. Por eso había comprado la casa de Francia, para sentir que tenía un hogar. Un lugar al que siempre podría volver. ¿Por qué Francia? Porque le gustaba el clima.

No sabía por qué, pero no le podía contar todo aquello a Melodie. Suponía que porque mucho tiempo atrás había decidido mantenerlo en secreto.

Y a ella no parecía importarle que no se lo contase, así que Roman no veía la necesidad de cambiar aquello.

Hasta que Melodie tuvo un problema con su teléfono y le pidió ayuda. Entonces se enteró de que, además de haber estado buscando trabajo en Virginia, también había mirado billetes de avión, solo de ida, para la semana siguiente.

Roman palideció al descubrirlo y solo pudo pensar en no dejarla marchar.

Se levantó de donde estaba sentado y fue a buscarla, Melodie estaba junto a la piscina de su ático en Roma.

Dejó el teléfono encima de la mesita que había a su lado, se inclinó para ponerse a su altura y le preguntó.

—¿Estás pensando en marcharte?

Ella lo miró sorprendida.

—¿Has mirado mi historial de Internet?

—Lo he hecho para ver dónde estaba el problema, no pretendía espiarte —se defendió él—. También he visto que has buscado trabajo.

Ella bajó la barbilla.

—No estoy acostumbrada a estar ociosa, Roman. Me estoy volviendo un poco loca sin hacer nada. Me ha gustado Berlín, y la historia de Roma es increíble, pero... en realidad no estoy de vacaciones. Tú estás trabajando. Así que he pensado que podría hacer algo a distancia.

–¿Y el vuelo?

–Era para una amiga. Ha estado viajando por Europa y quería venir a vernos un par de días si después había vuelo para regresar a casa.

Roman se sintió tan aliviado que casi se dejó caer al suelo, pero no permitió que su cuerpo lo traicionase.

–Entonces, no estabas planeando marcharte.

–No –respondió ella, mirándolo a los ojos–. Salvo que tú quieras que me marche.

–No –le aseguró él–. ¿Qué te parecería organizar la fiesta de lanzamiento del teléfono? Es algo que se te da muy bien. ¿Te gustaría hacerlo?

–Si tú quieres que lo haga, por supuesto.

–En ese caso, informaré al departamento de marketing –dijo él antes de marcharse.

Necesitaba estar solo para poder procesar la emoción que había sabido al confirmar que podían seguir estando juntos.

Melodie estuvo alicaída hasta esa noche, en la que Roman y ella se comportaron como un viejo matrimonio. Se lavaron los dientes, se desvistieron, se metieron en la cama y se abrazaron para darse un beso de buenas noches.

Después de aquellos besos casi siempre acababan haciendo el amor, pero esa noche fueron más allá. Roman estaba tan excitado que la penetró casi antes de que estuviese preparada y le hizo un poco de daño.

Se disculpó y pareció recuperar el control en ese momento y dedicarse a darle placer a ella.

Más tarde, en la oscuridad, Melodie frotó la mejilla contra su pecho.

–Ojalá me dijeses lo que piensas y sientes –murmuró.

Después de un largo silencio, Roman respondió:
–Lo sé.

Y una parte de ella sospechó que ya le había dicho lo que tenía dentro, pero ¿y si lo estaba malinterpretando?

Dos días más tarde se instalaron en el yate y navegaron en dirección a Cerdeña con intención de visitar tanto esta isla como Córcega antes de volver a Cannes. Roman trabajaba desde el despacho que tenía en casa y permitía que Melodie lo interrumpiese cuando quisiese. Estaban más cerca, tanto física como emocionalmente.

Melodie pensó que solo necesitaban tiempo. Y que la vida no podía ser mucho mejor de lo que era en esos momentos.

–¿Hay alguna manera de mejorar la cámara del teléfono? –le preguntó durante una cena, mostrándole las instantáneas que había tomado durante el viaje–. Es mejor que la de ningún otro aparato, lo sé, pero... ¿Qué ocurre?

–Nada. Que estas fotos son muy buenas. No sabía que tuvieses tanto talento también detrás de la cámara.

–No lo tengo. Solo lo hago para mantenerme ocupada –dijo ella, quitándole importancia.

Al día siguiente tenía una cámara digital de última generación con una docena de objetivos y muchos accesorios más.

A Melodie le encantó.

Estaba feliz. Más feliz que nunca.

Un par de días después, estuvo a punto de dejar caer la cámara al suelo al recibir una llamada de teléfono de su padre.

—Charmaine —le dijo.

Y a ella se le encogió el estómago. Odiaba ese nombre. Era el nombre de su abuela materna y había sido una mujer horrible, que había tratado fatal a su propia madre.

—¿Qué...? —inquirió—. ¿Cómo has conseguido este número?

—Eso no importa. Lo importante es que tienes un amante.

—Eso no es asunto tuyo —respondió ella.

—Por supuesto que lo es. Y te aseguro que lo vamos a aprovechar.

—¿Cómo? —balbució ella—. ¿Volviendo a robarle? No pienso hacer nada por vosotros. No tienes nada que ofrecerme, nada con lo que chantajearme. Así que pierde este número. No quiero volver a saber nada de ti nunca jamás.

Alargó el brazo y estuvo a punto de tirar su querido teléfono al mar.

Pero una mano agarró la suya desde atrás, sobresaltándola.

Roman.

A juzgar por su seriedad, si no había oído toda la conversación al menos sabía con quién había estado hablando.

Le quitó el teléfono de la mano y terminó la llamada antes de ponerse delante de ella.

–Yo no lo he llamado –balbució ella–. Ni siquiera sé cómo ha conseguido el número. Lo siento. No sabía qué hacer...

–Melodie, has hecho lo que tenías que hacer –le aseguró él–, menos lo de estar a punto de tirar el prototipo al mar, aunque hubiese sido divertido utilizar la señal para recuperarlo.

–No hagas bromas al respecto –dijo ella, conteniendo las lágrimas–. Tal vez haya sido mi vecina, que me riega las plantas y recoge el correo. No sé, en cualquier caso, lo siento. No quiero que mi padre nos cause problemas...

–No lo hará.

–Ya sabes de lo que es capaz, y ahora quiere interponerse entre nosotros.

–No te preocupes, no permitiré que se acerque a ti. Creo que voy a llamar a nuestro nuevo amigo, Nic Marcussen.

El segundo día que Melodie había tenido la cámara nueva, había hecho fotografías a los delfines y, sin darse cuenta, había fotografiado también el yate de Nic Marcussen, un magnate de los medios. Este, que era muy protector con su familia, había insistido en que le entregase la memoria con las instantáneas, pero después de hablar con Roman y con ella, habían terminado tomando unas copas juntos.

Roman hizo que Melodie la acompañase a su despacho y llamó a Nic.

–Melodie necesita un favor –le dijo–. No sé si

conoces a su padre, Garner Gautier. ¿Has oído hablar de él?

–Alguna vez –contestó el otro hombre con cautela.

–Al parecer, ya sabes qué clase de hombre es. Melodie está pensando en escribir acerca de su niñez y contarlo todo.

–¡No! –exclamó ella.

–¿Y me estás dando la exclusiva? –preguntó Nic al otro lado del teléfono.

–Eso es –continuó Roman.

–¡No, Roman! –insistió Melodie–. No quiero sacar los trapos sucios de mi familia. Mancharía también la memoria de mi madre, no quiero hacerlo.

–Podría llamar a Gautier y preguntarle si quiere darnos su versión de los hechos –sugirió Nic.

–Veo que entiendes a dónde quiero llegar. Sabía que eras la persona adecuada.

–Por favor, parad, no quiero que salga todo eso –suplicó Melodie.

–No te preocupes, no va a salir nada, Melodie.

–Gautier va a pagar para que ese libro no salga nunca –explicó Nic–. ¿Cuánto le pedimos?

–Tres millones estaría bien, pero cinco, todavía mejor.

–Eso es chantaje –dijo Melodie, cruzándose de brazos.

–Es un mensaje –insistió Roman–. No tiene que pagar, pero entenderá cuáles pueden ser las consecuencias si vuelve a amenazarte. Y si paga, piensa en todos los programas que se podrán financiar en la clínica de tu madre.

–Sigue estando mal –admitió Melodie.

No obstante, terminaron dejando el tema en manos de Nic.

Una semana en el Mediterráneo se convirtió en dos, y después en tres. Roman trabajaba todos los días y ella ocupaba su tiempo haciendo fotografías.

Después de tantos años de dificultades, era una existencia increíblemente sencilla. En ocasiones, eso la abrumaba y, en vez de relajarse y disfrutar con Roman como pareja, cada vez le preocupaba más que algo pudiese separarlos.

Después de varias semanas viviendo tan juntos, seguía sintiendo que no conocía a Roman.

—Acabo de decirle a Ingrid que vas a ser mi pareja en la boda de mañana —le dijo este cuando volvieron a Francia.

—¿Y qué te ha contestado? —preguntó ella, bajando la cámara.

Roman se encogió de hombros.

—Hasta ahora, nadie tenía por qué saber que estábamos juntos.

—¿Por eso has esperado tanto tiempo para decírselo? ¿Querías asegurarte de todavía estaríamos juntos antes de decir nada?

—Ya sabes que soy un hombre reservado, Melodie.

—Lo sé, pero no entiendo por qué te cuesta tanto hablar. Aunque no te lo voy a preguntar.

Él guardó silencio.

—Lo siento —se disculpó Melodie frustrada—. No quiero que discutamos, pero me siento...

«Insegura», pero no quería admitirlo.

—No eres la primera mujer que se enfada conmigo, no te preocupes.

–Muy bien, compárame con el resto de tus acompañantes. Así vas a arreglar las cosas. ¿Qué es aquello blanco que hay en el mar? –preguntó, cambiando de tema para no discutir.

–Una corriente –respondió él, acercándose a la barandilla y clavando la vista en el mar.

–Por eso costó tanto trabajo llegar la primera vez que vine aquí. Y allí había una roca, pero ahora no se ve. Supongo que porque la marea está más alta. Tuve que sentarme en ella a descansar. Aquel día me dio rabia no tener una cámara de fotos.

–Espera un momento, ¿estuviste nadando ahí? No viste el cartel que dice que está prohibido.

–Lo sé, pero tenía calor y estaba cansada, me dolían los pies, y no tenía zapatos. Así que decidí atravesar la bahía a nado en vez de rodearla caminando...

–¡Pero si llamé un taxi! Todos los años mueren turistas en esta zona. ¿En qué estabas pensando?

–Solo quería volver al hotel.

Nunca había visto a Roman tan enfadado.

–¡Podías haber muerto! –exclamó antes de alejarse unos pasos, mirar de nuevo hacia el agua y fulminarla a ella con la mirada.

–No vuelvas a hacer algo así. ¿Me has oído? No actúes como si tu vida no valiese nada, porque el mundo necesita muchas más personas como tú.

Y dicho aquello, se apartó de la barandilla y entró en el yate.

Ella tragó saliva e intentó procesar todo lo ocurrido. Tardó unos minutos en recuperarse, pero cuando lo hizo, fue a buscarle.

Estaba en su despacho, con la puerta cerrada para que nadie lo molestase.

Capítulo 11

ROMAN se sentía como un idiota.

Melodie había tenido razón. Una parte de él había pensado que para la boda ya no estarían juntos, pero lo que había ocurrido era que Melodie se había convertido en una parte fundamental de su vida, y que se temía no poder vivir sin ella.

La vibración del motor se detuvo. Habían llegado al muelle que había delante de su casa, así que tenía que dejar de fingir que estaba trabajando y volver a ver a Melodie.

Estaba furioso consigo mismo por haber perdido los papeles un rato antes, pero ya había dejado de preguntarse por qué Melodie despertaba en él todas aquellas sensaciones.

Juró entre dientes, se pasó una mano por el rostro y abrió la puerta.

No le habría extrañado encontrarse a Melodie haciendo las maletas para dejarlo, la encontró en el camarote y había recogido algunas cosas, pero se había detenido para mirar las fotografías que tenía en la cámara.

—Tenía miedo de que no quisieras decirle nada a Ingrid porque no sabías si querías que viniese —murmuró ella sin levantar la vista, sin sonreír.

–Yo tampoco sabía si querrías venir, después de cómo te traté la primera vez que estuviste aquí –admitió Roman.

Y después pensó que tenía que decirle lo que ella necesitaba oír.

–Y nunca he invitado a ninguna otra mujer a venir a mi casa. Supongo que suena ridículo, pero quería estar seguro de lo que hacía al traerte a ti.

Melodie levantó su mirada azul por fin, sorprendida y vulnerable, la clavó en sus ojos y le hizo sentirse incómodo, porque tenía miedo de que no encontrase en ellos lo que estaba buscando. Así que Roman fue el primero en apartar la vista.

Ella dejó la cámara en la cama y se acercó a él.

–Gracias por contarme esto.

Su olor lo invadió y Roman sintió que quería decir algo, pero no pudo. No sabía qué podía decir y qué causaría más daños. Así que frunció el ceño y se limitó a embriagarse con su olor.

Al otro lado del pasillo, un miembro de la tripulación dijo algo acerca del equipaje. Se oyeron pasos y Roman y Melodie se separaron.

Una hora después, estaban solos en la casa. Roman fue al dormitorio y encontró a Melodie buscando un vestido para la boda del día siguiente.

Él hizo que se girase y la besó. La deseaba. Quería hacerle el amor. No con la pasión de la primera vez, sino con aquella ternura y con el cariño que en esos momentos lo desbordaba por dentro. Sentía agradecimiento y una profunda admiración, y nece-

sitaba descargarlos en ella, comunicarle lo importante que era para él.

Fue tan intenso que después solo pudieron quedarse abrazados, con los cuerpos entrelazados, en
silencio. Y la magnitud del momento solo hizo que
Roman se sintiese todavía más seguro. Se quedaron
dormidos con el movimiento de las finas cortinas
con la brisa, y con el susurro del mar.

A la mañana siguiente, cuando Melodie se encontró con Ingrid, esta la miró sorprendida.

–¿Cómo es posible...? –empezó.

–Hubo un malentendido, pero lo solucionamos
–respondió ella sonriendo.

–¿No vas a contarme nada más? –preguntó Ingrid–. Te estás volviendo como él.

–Tal vez en otra ocasión, cuando no estés tan
ocupada. Estoy segura de que hoy tienes mejores
cosas que hacer. La peluquera te está esperando en
el salón. Te veré más tarde allí.

La boda salió a la perfección. Y Melodie se sintió feliz y triste al mismo tiempo. Un compromiso
para toda la vida era lo que quería ella también.

Se distrajo haciendo fotografías y se sorprendió
cuando una voz masculina la llamó.

–Eh, belleza.

Ella sonrió y Roman le hizo una fotografía con
el teléfono antes de pedirle que fuese a bailar con él.

A Melodie le encantaba bailar con él. Hacían una
pareja perfecta.

–¿Qué te pasó para invitar a cuatrocientas personas a tu casa? –le preguntó Melodie mientras bailaban.

–Me da vergüenza contártelo –admitió él.

–¿Por qué? Es un gesto loable.

–Lo sería si lo hubiese hecho por Ingrid, pero en realidad lo hice para que esta gente, de este nivel, me considerase uno de los suyos. Ahora que están aquí, ni siquiera me voy a molestar en hablar con ellos, prefiero bailar contigo.

–Pero si tú ya eres igual que ellos –le aseguró Melodie con toda sinceridad.

–Ya te conté a qué se dedicaba mi madre.

–Tu madre se sacrificó por su hijo. Y a estas alturas ya deberías saber que no eres el único que tiene un escándalo o una tragedia en su vida.

Roman tuvo que admitir que Melodie lo ayudaba siempre que tenía un momento de angustia personal.

Capítulo 12

MELODIE entendió lo que le ocurría. No estaba cansada de Roman, pero no soportaba más la incertidumbre. No dejaba de decirse que tenía que disfrutar del momento y de lo que tenían, pero el hecho de no saber cuánto duraría su relación con Roman la ponía nerviosa.

No obstante, ella no quería dejarlo porque lo quería.

Lo quería, lo quería, lo quería.

Y, a juzgar por cómo actuaba Roman, a él también le importaba mucho. Así que cuando Melodie recibió una oferta de empleo, no supo qué hacer.

Sacó el tema de conversación durante el desayuno.

—Es una familia italiana, aunque la mujer es canadiense. Son amigos de los Marcussen y han visto las fotografías que les hice a ellos. Me han pedido que vaya a su casa a hacerles un reportaje. Sería la semana que viene.

—Yo tengo que ir a Nueva York —respondió él sin más.

—Lo sé, por eso te lo estoy comentando. He rechazado el trabajo, pero me han ofrecido más di-

nero. También me van a pagar el vuelo y el alojamiento, pero tiene que ser la semana que viene.

–¿Tú quieres hacerlo?

Ella no supo qué responder, estaba realmente di-
vidida.

–Es una buena oportunidad –consiguió decir.

Roman siguió sin inmutarse.

–Podrías convertirlo en una carrera –comentó.

–Eso me parece a mí también, pero no quiero hacerme ilusiones. Además, si quiero trabajar en eso,
tendría que viajar mucho.

Roman siguió sin reaccionar y a ella se le encogió el corazón.

–Y siempre he querido viajar –continuó.

Pensó que él iba a contestar que ya viajaban juntos, pero no lo hizo.

–Y tener un negocio propio no es nada fácil
–añadió Melodie–. Ni siquiera sé dónde tendría que
pagar los impuestos o si necesito un visado de trabajo, pero...

–Si no lo intentas, te arrepentirás –le dijo él–. Y
yo estoy seguro de que vas a tener mucho éxito, así
que no quiero retenerte a mi lado.

Sus palabras fueron como un jarro de agua fría.
Melodie había sabido que aquel momento tenía que
llegar, pero no pudo evitar sorprenderse. Ya estaba.
Había querido que Roman luchase por ella, pero
este le estaba facilitando la salida. Ella asintió.

–Voy a enviarles un correo electrónico.

Se levantó sintiéndose aturdida. A pesar de que
la mañana era cálida, tenía frío.

La separación era tan dolorosa que ni siquiera podía reaccionar. No podía llorar.

Después de que Roman le hiciese el amor aquella noche, Melodie no pudo hablar. No podía enfrentarse al vacío de su futuro aunque no tuviese otra alternativa.

Si hubiese pensado que había alguna posibilidad para ellos, se habría quedado, pero sabía que Roman no era como ella. Le gustaba su compañía, le encantaba el sexo, sentía cariño por ella, pero no la amaba.

Y ella contuvo las lágrimas hasta que, un par de días después, Roman se marchó a Nueva York y ella tomó un vuelo para Italia. Fingieron que se volverían a ver pronto, pero ella sabía que aquel era el principio del fin y que era mejor cortar por lo sano.

Melodie todavía no había terminado su trabajo en Italia cuando las tres hermanas de Nic le pidieron que les hiciese un reportaje también a ellas. Y aceptó el trabajo sin dudarlo. A finales de semana estaba en Atenas, a la siguiente, en París, y unos días más tarde, en Nueva York.

Para entonces Roman ya se había marchado de allí y las llamadas por Skype se habían ido convirtiendo en mensajes de texto cada vez más esporádicos.

Melodie se sentía muy dolida, pero por suerte tenía tanto trabajo que solo se venía abajo por las noches, antes de dormirse sola y de soñar que volvía a estar con él.

Al menos, había conseguido que un estudio de Nueva York la contratase y había fijado su base allí.

Sospechaba que Roman la estaba ayudando hablando bien de su trabajo, y eso le pareció bien, pero no podía echarlo más de menos en todo momento.

Roman estaba en shock. Había tardado semanas en darse cuenta de que Melodie lo había dejado.

No hacía más que recordar el momento en el que le había contado que le habían ofrecido un trabajo. No había podido interponerse en su camino, ya lo había hecho en dos ocasiones antes.

Pensó que tenía que haberle pedido que se quedase.

Pero no podía hacerlo porque sabía que Melodie merecía mucho más de lo que él podía ofrecerle.

Miró la comida que su asistente le había llevado, no tenía hambre, pero tocó algo que había en la bandeja y que casi no había querido ni reconocer. Una galleta de la suerte.

Había conocido a Melodie muchos meses atrás y, desde entonces, habían pasado muchas horas juntos, pero todavía recordaba la primera conversación que habían tenido.

Sin darse cuenta de lo que estaba haciendo, rompió la galleta y sacó el papelito que llevaba dentro.

—«Antes o después tu paciencia se verá recompensada».

¿De verdad había tenido la esperanza de encontrar un consejo que le fuese de utilidad?

Fue hasta la ventana y pensó en su madre, en que su padre la había abandonado. Él no había hecho nada para mantener a Melodie en su vida.

Sin pensarlo, tomó el teléfono y marcó un número que se sabía de memoria, pero al que no solía llamar. La mujer que respondió era la única mujer que había conocido que había dedicado su vida a un hombre, aunque este la hubiese dejado muchos años atrás.

—¿Brenda? Soy Roman. ¿Te puedo invitar a comer?

—¿Por qué no vienes aquí? Te preparé un sándwich de queso.

La casa de Brenda había sido su único hogar de verdad, y solo durante un año.

—Qué sorpresa tan agradable, Roman —le dijo esta al verlo llegar.

No le preguntó qué hacía allí a pesar de que su curiosidad era evidente, pero lo comprendía y respetaba sus límites. Aquello era algo que a Roman siempre le había gustado de ella.

Así que a pesar de sentirse como un idiota, decidió abrirle su corazón.

—Tengo un problema con una chica, Brenda.

—¿Y vienes a mí? Me siento halagada, Roman. De verdad. Háblame de ella.

Roman no supo cómo describir a Melodie y todo lo que había llegado a significar para él.

–Solo quiero saber... ¿qué hace falta para que alguien se quede? ¿Qué puedo decirle para que vuelva? Para siempre. Porque no se me dan bien las palabras y...

Ella lo escuchó con paciencia.

–Charles ya no te reconoce, pero tú estás con él todo lo que puedes. ¿Qué te hace mantener la fe?

Brenda sonrió.

–Él.

Roman entrecerró los ojos. Intentó comprender.

Brenda bajó la vista a la sopa de tomate que tenía delante.

–Siempre he guardado los secretos de Charles, pero ahora pienso que necesitas que te cuente alguno. En una ocasión, poco después de contratarte, me dijo que se había visto reflejado en ti. Eso siempre me entristeció porque sabía lo que había tenido que pasar en su niñez, con un novio de su madre que había sido muy cruel con él –le contó–. No sé cómo alguien puede ser así con otro ser humano.

La imagen que Roman había tenido de su primer jefe, un hombre atlético e inteligente, cambió.

–Al principio, no fue sencillo –continuó Brenda–. Simplemente, no quería hablar. Y ahora lo entiendo. Yo tampoco quiero hablar de lo difícil que es tener que dejar al hombre al que quieres en una residencia y ver cómo su salud se va deteriorando. Algunas cosas son demasiado dolorosas para hablar de ellas.

–Brenda, ¿qué puedo hacer? –le preguntó él.

–Hablar es importante. Charles me demostraba de muchas maneras que me quería, pero, hasta que no me lo dijo con palabras, yo no estuve segura. Y después de que me lo dijese, supe que nada podría separarnos.

Terminaron de comer en silencio y, después, Roman sacó el teléfono y le enseñó a Brenda las fotografías de Melodie.

–¿Y hay algún motivo para que estés sentado en la cocina de una anciana en vez de estar buscando a esa mujer? –le preguntó Brenda–. Una imagen vale más que mil palabras, y en esas fotografías hay un millón de te quieros.

A él se le aceleró el corazón. Se puso en pie y le dio un beso en la mejilla.

–Tu generosidad siempre ha sido muy importante para mí, Brenda. Eres como una madre y ojalá yo hubiese permitido que me tratases como a un hijo.

–Mi niño –respondió ella, dándole una palmadita en la mano–. Todavía nos queda tiempo. Invítame a tu boda.

Capítulo 13

MELODIE se preguntó si había algo más bonito que una boda india. Aquella tenía lugar en Londres, pero ambas familias eran de origen indio y los colores eran maravillosos.

El único problema era que el grupo al que tenía que fotografiar era demasiado grande y que no estaba cooperando. Melodie sintió de repente que se le ponía la piel de gallina, como le ocurría siempre que...

Dio un grito ahogado y se giró al tiempo que oía decir:

—Necesito hablar con la fotógrafa.

Roman, tan alto y guapo. Vestido con una camiseta y pantalones vaqueros, y una chaqueta de cuero.

—¿Qué estás haciendo aquí? —le preguntó sorprendida.

—Quiero hablar contigo.

—¿Podemos ir a alguna parte? —le preguntó Roman, agarrándola del brazo y llevándosela hasta el interior del hotel.

–¿Adónde? No. No quiero ir a ninguna habitación. Sé lo que ocurriría y me despedirían –protestó–. Y, por si es eso lo que te preocupa, no estoy embarazada.

–Ya hablaremos de eso más tarde.

La llevó hacia una cafetería que había en el exterior y que esa noche estaba cerrada, desde donde podían contemplar el Támesis y las luces de la ciudad.

Una vez allí, Melodie tuvo que contener las lágrimas, porque se sentía feliz de volver a verlo y destrozada al mismo tiempo. ¿Sabía Roman lo difícil que iba a ser volver a despedirse de él?

Decidió preguntarle qué hacía allí, pero no le dio tiempo.

–No fue solo por cómo me trataron tu padre y tu hermano –empezó Roman de repente–. Sino el mensaje que había recibido toda mi vida. Mis necesidades y mis sentimientos no le importaban a nadie, así que no tenía sentido demostrarlos ni pedir nada. Era mucho más fácil ser autosuficiente y no hablar con nadie.

–Yo también aprendí a encerrarme en mí misma –dijo ella–. Y jamás intentaría hacerte daño, Roman. Espero que puedas creerme.

–Te creo. Por eso... He pensado que si fueses mi esposa, y supieses que espero que vuelvas después de cada trabajo, tal vez aceptarías.

–Oh, Dios mío –susurró ella.

–Quiero quererte, Melodie, pero no sé si sabré hacerlo. No sé si lo que siento por ti es amor, solo sé que es.... bueno. Que cuando pienso en ti, cuando te toco, me siento muy bien. Y que pierdo todo eso cuando no estás conmigo. Me siento vacío y no puedo soportarlo. Me duele. Y quiero volver a sentirme bien. Quiero que vuelvas.

Se metió la mano en el bolsillo de la chaqueta y sacó algo pequeño.

Era una brillante perla negra, y otra blanca, engarzadas en platino y rodeadas de diamantes. Melodie pensó que iba a desmayarse al ver aquello. O que estaba soñando y se iba a despertar.

–Nada más verlo, pensé en ti –admitió Roman, haciendo ademán de arrodillarse.

–No, Roman, no.

Él se quedó inmóvil.

–¿No quieres?

–Sí, quiero casarme contigo. Te quiero, pero no hace falta que te arrodilles.

Roman la abrazó con fuerza.

–Te quiero, Roman, pero también me encanta mi trabajo, aunque no permitiré que se interponga entre nosotros.

–Y yo jamás te pediría que lo dejases, aunque tal vez puedas aceptar menos encargos para que podamos pasar más tiempo juntos. Quiero cambiar y ser todo lo que tú necesites en un hombre, pero sé que va a ser difícil. Solo te pido que me des algo de tiempo, si quieres... hasta podríamos hablar de tener un bebé.

Ella lo abrazó con más fuerza y se puso a llorar, pero de alegría.

–No llores. He dicho solo si tú quieres –repitió él.

–¡Estoy feliz! –gimió ella–. Me estás dando todo lo que he querido siempre.

–Entonces, está bien –respondió él, suspirando–. Porque lo que quiero es hacerte feliz.

–Solo hace falta que estés conmigo. Te quiero.

–Y yo a ti. Te necesito en mi vida para que merezca la pena vivirla y eso debe de ser amor, ¿verdad?

–Seguro que sí.

Epílogo

MELODIE se apartó de la luz del atardecer que se reflejaba en el mar y se detuvo en lo alto de las escaleras para recogerse la cola del vestido de seda blanca.

Roman, vestido de esmoquin negro, la esperaba abajo.

Ambos iban perfectos para una boda íntima y Roman subió las escaleras para sujetarle el ramo a Melodie y ofrecerle su brazo. Iban a llegar juntos hasta el altar.

—Te quiero —le dijo él.

Y a Melodie se le encogió el corazón, como le ocurría siempre que oía aquellas palabras, pero especialmente ese día.

—Yo también te quiero —susurró.

Pasaron junto a la piscina y las velas flotantes casi no se movieron. Sobre sus cabezas, el cielo estaba rojizo. Las jardineras con flores perfumaban el ambiente y Melodie tuvo la sensación de recordar aquel momento de otra vida.

Llegaron a la playa y a la alfombra donde los esperaban sus invitados. Era una boda pequeña, con un puñado de amigos de Virginia y dos colegas de Nueva York de Melodie. Roman había invitado a

Ingrid y a Huxley, y también a Brenda, que hacía
las veces de madre para el novio y la novia. Melodie pensó que pronto tendría que hacer también el
papel de abuela.

–¿Por qué no lo intentamos? –le había preguntado Roman una noche, poco después de haber fijado la fecha de la boda.

Y ella se había echado a reír y lo habían intentado, y Melodie estaba deseando darle a Roman su
regalo de bodas.

Cuando llegó el momento, Melodie dijo:

–Sí, quiero. Te quiero.

Y le susurró al oído:

–Vamos a tener un bebé.

Él la miró sorprendido y tomó su rostro con ambas manos, sonriendo de oreja a oreja.

–Pensé que estábamos celebrando lo felices que
éramos hasta ahora, pero me parece que vamos a
serlo mucho más.

–Estás empezando a hablar como un optimista
–bromeó Melodie.

–Es fruto de la seguridad, cariño. No es que tenga
la esperanza, es que lo sé –respondió él antes de
darle un beso.

Bianca.

**Se dio cuenta de que se había convertido
en parte inseparable del rey guerrero**

Salvaje e indomable, Tarek al-Khalij no se había propuesto nunca ser el sultán de Tahar. Se sentía más cómodo con una espada que con una corona. Para curar las heridas que le había infligido su propio hermano, necesitaba recurrir a su arma más preciosa... ¡una prometida de la realeza!
Elegante y aristocrática, la reina Olivia tenía el objetivo de educar a Tarek en el arte de la política. A cambio, él sacó a la luz una pasión desbocada de la que ella no había creído ser capaz.

Una aristócrata en
el desierto

Maisey Yates

Acepte 2 de nuestras mejores novelas de amor GRATIS

¡Y reciba un regalo sorpresa!

Oferta especial de tiempo limitado

Rellene el cupón y envíelo a

Harlequin Reader Service®
3010 Walden Ave.
P.O. Box 1867
Buffalo, N.Y. 14240-1867

¡Sí! Por favor, envíenme 2 novelas de amor de Harlequin (1 Bianca® y 1 Deseo®) gratis, más el regalo sorpresa. Luego remítanme 4 novelas nuevas todos los meses, las cuales recibiré mucho antes de que aparezcan en librerías, y factúrenme al bajo precio de $3,24 cada una, más $0,25 por envío e impuesto de ventas, si corresponde*. Este es el precio total, y es un ahorro de casi el 20% sobre el precio de portada. ¡Una oferta excelente! Entiendo que el hecho de aceptar estos libros y el regalo no me obliga en forma alguna a la compra de libros adicionales. Y también que puedo devolver cualquier envío y cancelar en cualquier momento. Aún si decido no comprar ningún otro libro de Harlequin, los 2 libros gratis y el regalo sorpresa son míos para siempre.

416 LBN DU7N

Nombre y apellido	(Por favor, letra de molde)

Dirección	Apartamento No.

Ciudad	Estado	Zona postal

Esta oferta se limita a un pedido por hogar y no está disponible para los subscriptores actuales de Deseo® y Bianca®.
*Los términos y precios quedan sujetos a cambios sin aviso previo.
Impuestos de ventas aplican en N.Y.

SPN-03

Deseo

UNA VEZ NO ES SUFICIENTE

NATALIE ANDERSON

¿Podían atraerse dos seres opuestos? Aunque había conseguido con esfuerzo ser un rudo magnate, Lorenzo Hall tenía un origen humilde, y ahora su salvaje rebeldía obedecía a una causa: se moría por averiguar si su nueva ayudante, Sophy Braithwaite, era realmente tan casta y pura como parecía.

Por supuesto, para Sophy su apasionado jefe debería estar fuera de su alcance, pero era evidente que el sugerente cuerpo de Lorenzo y el peligroso brillo de su mirada iban a tentarla hasta el límite para que rompiera todas las normas.

Un hombre tan atractivo debería estar prohibido

Bianca.

Lo único que quería para Navidad ese hombre que tenía de todo era ¡volver a tener a su esposa en la cama!

El día de Nochebuena, Melody James salió del hospital para comenzar una nueva vida sin Zeke, su poderoso y carismático esposo. Se había recuperado de las lesiones que habían terminado con su carrera de danza, y con su matrimonio, pero su corazón seguía hecho pedazos.

Zeke, el magnate, había luchado mucho para ser el mejor, abriéndose camino desde la nada, y estaba dispuesto a luchar para recuperar a Melody. Dispuesto a seducirla, la llevó a una impresionante suite de Londres...

Melodía en el corazón

Helen Brooks